Für Thomas
mit herzlichem Dank
für einen feinen Lese-Abend
und herbstlichen Gruß

Hesbüt 2010

**knapp**

Anette Herbst

# *Herbst in Basel*

**knapp**

Ein Buch aus der Perlen-Reihe.

*Für meine Eltern
Katharina und Eugen
mit ganz viel Liebe*

## Fränkische Liebe – Ein Vorwort

Ihr Geburtsort liegt im Freistaat Bayern – unweit der fränkischen Schweiz. Früh lernt sie, dass ein Franke (ganz gleich ob Unter-, Mittel-, oder Ober-) zwar im Freistaat leben, sich jedoch niemals als Bayer bezeichnen darf.
Ein Bayer ist ein Bayer – ein Franke bleibt ein Franke. Freistaat hin oder her. Der Franke passt nicht recht ins blau-weiss karierte Muster der Weisswursttradition. Der Franke nimmts gelassen, weiss er doch, dass kariert klein macht.

Wo aber könnte der Franke zu Hause sein, sich zu Hause fühlen?

Die Schweiz hat Franken gern, hält liebevoll an ihnen fest und würde sie um keinen Cent der Welt je eintauschen – schon gar nicht gegen einen Bayern!
So rollte froh gelaunt vor vielen Jahren ein Franke zunächst nach Winterthur, dann ins Tessin, kullerte von dort nach Zürich und fand schliesslich in die Stadt Basel, wo er bis heute liegen blieb.

Lang schon hat der Herbst in Basel eine Gasse.
Und endlich hat die Herbst in Basel ihre ganz eigene
«Fränkische Schweiz».

Anette Herbst ist unterfränkisch aufgewachsen und lebt und lacht seit 2002 in ihrer Wahlheimatstadt Basel. Hier dichtet sie, hier läuft sie aus, hier spinnt und spannt sie Geschichten rund um die Eigenarten, Geheimnisse und Alltäglichkeiten des ganz unnormalen Lebens.

Sie hat die Melancholie des Herbstes im Bauch und den Schalk im Nacken. Mit Zärtlichkeit, Ironie und einer gesunden Portion Humor erzählt sie von dem, was uns selbst nicht selten in den Tag purzelt.

## Zuversicht

Wenn ich bedenke
dass ich gestern
vom Heute noch nichts wusste
freue ich mich sogar auf morgen

## «Sänks for träwweling»

Freitagmorgen. Basel Badischer Bahnhof. Der Zug nach Stuttgart ist offensichtlich einer der ersten Intercitys, die die Welt je gesehen hat. Klapprig, abgewetzt und leicht versifft. Ich bin auf alles gefasst. Auf nörgelnde Kinder, weinende Babys, klingelnde Handys, sinnfreie Gespräche. Stattdessen Stille. Nichts. Enttäuschend beinah.
Karlsruhe Hauptbahnhof. Endlich. Ein älterer Herr beginnt ein Telefonat mit einem Handwerker. Der Flur bis zum ersten Stock muss gestrichen werden. Einfach Farbe drauf genügt. Im Erdgeschoss ist eine Wohnung frei. Er möge dort in der Küche noch eine Ecke überpinseln, eine Art Schimmelstelle, ein schwarzer Fleck, entstanden durch die Dachrinne des Nachbarn. Bei der Gelegenheit könne er auch gleich in seiner Wohnung ein Zimmer streichen. «Ist nicht viel Wandfläche. Nehmen wir einfach das Grau, das vom letzten Mal noch übrig ist.» Durch den Spalt der Sitze hindurch erspähe ich den Herrn. Die Wände passend zur Haarfarbe. Hat was! Der Handwerker kommt heute noch. Das klappt also. Gleich drauf ruft der Herr Frau Schwarz an, um ihr zu sagen, sie

möge das Plakat raushängen. «Was haben wir das letzte Mal verhökert?» Frau Schwarz scheint unsicher zu sein. Sie soll eine kleine Anzeige schalten und vor allem mit Sabine sprechen. Die soll sich Gedanken machen und das Schild ins Fenster stellen. Die «graue Wand» ist also Hausbesitzer und Geschäftsinhaber. Respekt.
Mit einem Mal wieder Stille. Vor lauter Malerarbeiten und Verhökeraufträgen wird mir müd. Ich schlafe kurzzeitig ein.
Ab Pforzheim kommt zum Glück erneut Leben ins Abteil. Die «graue Wand» telefoniert wieder. Mit wem, bleibt diesmal verborgen. «Halt doch mal die Luft an!», ertönt es mehrfach und derart deutlich, dass das ganze Abteil sich nicht mehr zu atmen traut. Zeitgleich bereichern drei Schüler einer Wirtschaftsschule das Abteil: ein Mädchen, das hauptsächlich aus Ponyfrisur und Frontzähnen besteht, ein Mädchen mit blondem Pferdeschwanz und blassem Gesicht und ein Junge mit Glupschaugen. Die «graue Wand» empfiehlt weiterhin Luftanhalten. «Ehescheidung live», amüsiert sich Blondi und setzt sich mir schräg gegenüber. Heute ist offenbar Prüfungstag gewesen. «Die Fischer hat von GW keine Ahnung!», ist Blondi überzeugt, «die hätte Sportlehramt machen sollen.» Glupschauge will wissen, wie alt die Fischer ist. «31», meint die Ponyfrisur. Blondi ist entsetzt: «Echt? 31? Dafür ist die aber voll fertig. Die sieht voll verbraucht

aus!» – «Die ist nicht verbraucht», erklärt die Ponyfrisur, «die hat einfach schlimme Zähne und ne Scheissfrisur.» – «Und keinen Hintern!», lacht Blondi, «flach!» – «Flach», wiederholt die Ponyfrisur mit gedehntem «a». Nun lachen alle drei.

Ich stelle mir die Fischer vor, wie sie während des Unterrichts ihre schlechten Zähne vor Scham nicht auseinander bekommt, unsicher mit den Händen ihre Frisur zu retten versucht und wie jedes Mal, wenn sie der Klasse den Rücken kehrt, um etwas auf die Tafel zu schreiben, ein «Flaaach»-Geflüster ihre Ohren streift.

Dann muss Lehrer Will herhalten. «Der Will und sein Hund», sagt Glupschauge. «Hey! Eins zu eins!» Wills Hund hat Rastalocken. «Hat der die reingemacht, oder wie?», will Pony wissen. «Nee», erklärt Glupschauge, «die wachsen so.» – «Krass!», sind sich alle einig. «Da brauchste keinen Wischmopp mehr», sagt Glupschauge und macht eine Bewegung, als würde er das Rastalockenhundeknäuel über den Boden ziehen. Wieder lachen alle. Blondi denkt wehmütig an eine Lehrerin, die einfach die beste gewesen ist. Die andern nicken zustimmend. «Die hätt echt noch warten müssen mit ihrer Schwangerschaft.» Kurzes Innehalten, als wollten sie andächtig eine Schweigeminute einlegen. Dann lachen alle drei wieder. Das sind also die Volks- und Betriebswirte von morgen.

Stuttgart Hauptbahnhof. Ich muss umsteigen und wünsche den Wirtschaftsschülern eine fröhliche Zeit. «Sie sind ja goldig!», verabschiedet mich Glupschauge anerkennend lächelnd. Am Bahnsteig gegenüber steht der Zug, der mich nach München bringen soll. Er ist brechend voll, hauptsächlich mit Skifahrern und Ausflüglern und dementsprechend ausladendem Equipment.

Ich quetsche mich in einen Sitz und beobachte amüsiert das Hin und Her, das Schieben und Drängeln, das «Das ist aber mein Platz!»-Gezeter, das übliche Bahnhofszenario also. «... we apologize for the Schrott ...», schnappe ich via Lautsprecher auf. Die deutsche Version hab ich verpasst. Verstehe aber sofort, was gemeint ist: Der Zug hat schlicht zu wenig Wagen. Irgendetwas war wohl organisatorisch in die Hose gegangen. Ein Kaminberater läuft durch den Gang. Es gibt interessante Berufe! Vor mir nimmt eine junge Mutter mit ihrem etwa fünfjährigen Sohn Platz. Sie hatte ihm vor der Reise Schaffnerrequisiten geschenkt, inklusive Pfeife (!). «Umsteigen bitte!», tönt es aus dem kleinen Mund, und es ist uns allen klar, dass dieser junge Mann Talent hat. Allem voran das Talent, ohne Lautsprecher einen ganzen Zug samt Bahnsteig zu beschallen. Der Zugchef verweist auf das Bordrestaurant und lockt mit Lorbeerkartoffeln. Wie die auf Englisch heissen, hat er sich nicht zu sagen getraut. Der Schaffnernachwuchs kriegt

Karotten. Prima! Hoffentlich hat Mama die Ein-Kilo-Tüte im Rucksack. Es zeigt sich allerdings sehr rasch ein weiteres Talent des Knaben: Er kann problemlos mit vollem Munde sprechen, auch wenn sein «Umsteigen bitte!» leicht an Artikuliertheit einbüsst. Der Kaminberater kommt erneut den Gang entlang, und ich sehe, dass ich mich verlesen hatte. Auf seinem Shirt unter der Latzhose steht «Kampfmittelbergung». Es gibt interessante Berufe! Oberhalb der Abteiltür eine rote Leuchtschrift: «Der 1.-Klasse-Effekt: Mehr Platz. Mehr Entspannung. Mehr Komfort.» Hinter mir probiert einer Klingeltöne aus. So viel zum 2.-Klasse-Effekt.

Ulm. Der Zugchef heisst Herr Eicher, begrüsst uns auf Deutsch und Englisch, und beides klingt akzentfrei bayrisch. «Wer ist Herr Eicher?», will der Karottenschaffner wissen. «Der Herr Eicher fährt den Zug», erklärt die Mutter. Ist zwar die falsche Antwort, aber wenigstens stellt es den Knaben für wenige Minuten ruhig.

«Wenn du allein gefahren wärst», fragt schräg hinter mir eine Frau ihren Mann, «was hätte das gekostet?» – «Die Hälfte!» Es gibt interessante Ehen.

«Sänks for träwweling wiss Deutsche Bahn!»

## Abzählreim

Ich hab vier freie Tage!
Ich freu mich wie ein Kind.
Ich hüte jeden einzeln,
weil sie so kostbar sind.

Ich hab vier freie Tage.
Und du kriegst keinen ab.
Warum?
Na, weil ich eben nur
vier freie Tage hab!

Ich hab drei freie Tage!
Die Freude ist noch gross!
Ich hab drei freie Tage.
Morgen sind's zweie bloss.

Ich hab zwei freie Tage,
das Glück ist mir noch hold.
Ich hab zwei freie Tage,
hätt gern noch zwei gewollt.

Ich hab noch einen freien Tag,
den mir heut keiner nimmt!
Ich hab noch einen freien Tag!
Ach, wie die Zeit verrinnt!

Hab keine freien Tage,
doch eins weiss ich genau:
Wenn ich noch freie Tage hätt,
dann würd ich deine Frau!

## Es war einmal …

Wenn mich als Kind die unbändige Lust nach Gummimäusen oder anderem Schleckzeug überfiel, lief ich über die grob gepflasterte Strasse in den Edeka-Laden gegenüber. Der Ladenbesitzer war aus meiner Perspektive ein Grossvater, und die Kombination «kleiner Laden – alter Mann» war und bleibt für mich das unverrückbare Bild einer heilen Welt. Er hiess Zemelka, und die abschüssige Strasse gleich neben seinem Miniladen hiess, seit ich denken kann, «Zemelkaberg». Und dieser Zemelkaberg war Kindertreffpunkt, denn da konnte man die eisernen Rollschuhe unter den Füssen mal laufen lassen, dass es klang, als würden Gespenster mit ihren Ketten rasseln. Wenn mich also diese süsse Gier befiel, hopste ich zwei links, zwei rechts in den kleinen Laden. Herr Zemelka öffnete eines der grossen Schraubgläser, die mit ihrer klebrigen Fracht ihr Dasein in Schräglage auf der Theke fristeten. Einer Theke, die ich Dreikäsehoch gerade noch mit meinen Augen überblicken konnte. Bevor er aufschraubte, frug ich natürlich fränkisch und direkt: «Was kricht ma für en Fünfer?» Er zeigte mir die Auswahl, indem er auf die

Gläser tippte; ich wählte, drückte ihm den durch meine Hände klebrig gewordenen Fünfer in die Hand und erhielt im Gegenzug ein Gummitier, das genauso klebte, aber weich und herrlich zuckrig sogleich in meinem Mund verschwand. Mit dem alten Herrn Zemelka starb auch sein kleiner Laden, wie so viele kleine Läden in all den Jahren. Und mit jedem kleinen Laden stirbt immer auch ein Stück Persönlichkeit. Wobei: Der kleine Schreibwarenladen meiner Kindheit existiert noch in meinem Dorf. Der heisst Schneier, weil die Besitzerin so heisst. Und die ist dünn und weisshaarig und weiss alles. Wenn ich ein neues Schulheft brauchte, dann gab sie mir stets das richtige. Stutzte ich, weil mir beispielsweise die Linierung völlig fremd erschien, meinte sie knapp, streng und warm zugleich: «Anette, du bist jetzt in der Dritten!» In so viel dörflicher Geborgenheit wird man gerne grossgezogen. Damals schon war diese Frau Schneier für mich uralt. Jetzt ist sie steinalt. Der Laden auch. Und ich drück ihr die Daumen, dass sie ewig lebt, damit noch viele Kinder in den Genuss dieses nach Zeitschriften und Tintenfässern duftenden Ladens kommen. Im Grunde gehört dieses letzte Zeugnis meiner Kindertage unter Denkmalschutz. Denn alles andere Vertraute, Kleine und nach Kindheit Duftende ist längst ausgerottet. Verschiedene Kommerzketten leisteten Sterbehilfe. Traurig. «Is halt so», sagen die Leute achselzuckend.

An unsere alte Post kann ich mich auch noch sehr lebhaft erinnern. Diese Post war für mich etwas Besonderes. Auch sie duftete – wahrscheinlich von Amts wegen. Unsere Familie hatte ein Postfach. Allein das war schon aufregend. In der Post wurde gestempelt und geklebt. Da waren Briefe, Pakete und Postkarten Könige. Das gelbe Horn die Krone. Nicht umsonst wurde einst der «Gelbe Wagen» besungen und hochgelobt. Und die Post war Allgemeingut. Jeder brauchte sie. Den Boten dazu kannte man persönlich. Man zog den Hut vor ihm, denn jedermann wusste, was er zu leisten hatte. Eine unvergleichliche Zeit, in der Pakete noch verschnürt wurden, die Briefmarken via Zunge klebbar gemacht werden mussten. 1991 gab ich mein erstes Telegramm auf. Abenteuerlich war das und herrlich zugleich. Hätte ich damals gewusst, dass diese Form der Kommunikation einmal sterben würde, ich hätte umgeschult und wäre Telegrafenmast geworden. Aber ich hätte mir damals ja noch nicht mal träumen lassen, dass auch der D-Mark kein ewiges Leben vergönnt sein sollte. Balthasar Neumann, Clara Schumann, das Holstentor … längst nostalgischer Firlefanz. Schade. Und heute? Heute gibt es in Good Old Germany noch nicht mal mehr eine Post. Der Aufbau in irgendeiner Ecke einer Drogerie wirkt wie die Pappvorrichtung meiner Kinderpost von seinerzeit. Unbeholfen. Und hierzulande weiss man vor lauter anderem Gedöns gar nicht mehr, dass man sich in einer Post befindet. Die blasen in so viele Verkaufsschlagerwerbungshörner, dass man sich mit der handgeschriebenen Karte in der Warteschlange vorkommt wie ein Ausserirdischer. Schade. Traurig auch. Zumindest für Nostalgiker wie mich.

Aber es kommt ja noch ernüchternder: Es wird bald gar keine Post mehr geben. Weder als Kioskattrappe noch sonst wie. «Privatisierung» heisst das Entzauberungswort. Aha. Dann wird es wohl irgendwann auch keine öffentlichen Verkehrsmittel mehr geben, sondern Privattaxen oder, schneller noch, Privatjets. «Von der Vogesenstrasse bis zum Barfüsserplatz in null Sekunden!» Warum nicht. Flotte Sache. Aber bis dahin, also bis auch dieses idyllische Stück Geborgenheit gestorben sein wird, bin ich hoffentlich steinalt oder besser ebenfalls tot.

## Das kleine Hallo

Das «kleine Hallo» ist nun eineinhalb Jahre alt.
Vor exakt dieser Zeit war das grosse Hallo natürlich ganz auf unserer Seite. An jenem Tag schien sich für unser Dafürhalten nichts Wichtigeres, Grösseres ereignet zu haben, als eben die Ankunft des «kleinen Hallo». Wobei, zugegeben, keiner von uns wusste, dass es ein kleines Hallo werden würde. Unser grosses Hallo hingegen war voraussehbar. Gewissermassen erwartete, leicht kitschige Entzückung. Und kaum dass sich diese Verzauberung des ersten Augenblicks einzureihen wusste in die Alltäglichkeit unseres genormten Lebens, läuft uns das kleine Hallo auch schon davon. Winkend und stets lächelnd. Uns immer daran erinnernd, dass «vorwärts» die einzig richtige Richtung sei. Dass Kummer und Trübsal sich auf Dauer nicht lohnen. Dass es unverrückbar so sei, dass die Welt zurücklächle, wenn man selber ein lächelndes Gesicht zeige. So viel Optimismus, dass es beinah schmerzt. So viel Lebensfreude, dass man versinken möchte ob der eigenen Beschwertheit. Meinte nicht Axel Hacke schon in *Der kleine König Dezember,* dass wir nur glauben grösser zu werden, in

Wirklichkeit aber gross geboren und immer kleiner werden? «Haaallooo!», ruft es laut und rauchig aus dem Nichts, und wissend biegt das kleine Hallo um die Ecke. Und die Kriege, der eingelaufene Pullover, die Ungerechtigkeit, der Sondermüll, die Korruption, der Strafzettel, der Regenwald, die Parkgebühren, die Klimaerwärmung, das Brandloch im Teppich, die Intrigen, derdiedas …?? Ach was!

Das kleine Hallo drückt uns den Ball in die Hand wie eine Weltkugel, seine Augen glänzen, aus dem Körper gluckst und jauchzt es: ein Spiel! «Drehen, drehen, Purzelbaum, tanzen, tanzen wie im Traum.» Ein Abenteuer auch! Und schön und bunt und … Wir sind erschlagen und geben uns geschlagen.

Was soll man dem auch entgegensetzen? Wir sind ohnehin längst infiziert, und durch unser Haus hallt aus kleinen und grossen Mündern seit Langem ein tiefes, rauchiges und lachendes «Hallo!».

## Entschlossenheit

Ich will
ganz sicher
bin ich mir
nicht

Ich will
auf jeden Fall
morgen
oder

Ich will
heute
noch nicht
sagen ob

Ich will

## Saurer Lenz

Erster sein ist nicht leicht. Die Erwartungen sind hoch. Die Anforderungen kaum erfüllbar. Verständlich, dass die viel besungene erste Jahreszeit unter all dem Druck zunächst erkrankte. «Der Lenz liegt mit grippalem Infekt noch hinter den Wolken», war vor einigen Tagen auf der Homepage des Universums zu lesen (www.himmelnochmal@univers.all) Hatte also der Regen erst einmal Zeit, rein zu waschen, was wir den Winter über vergammelt haben. Auch die Winde wurden losgelassen, bliesen trocken, fegten weg. Das blaue Band soll schliesslich zu sehen sein, sobald es Herrn Lenz besser gehe, hiess es von oben. Natürlich. Wir hätten ihn gern pünktlich begrüsst – einfach schon der Ordnung halber. Ausserdem brauchen wir ihn, und zwar dringend. Er soll endlich die Zeit der hochgezogenen Schultern und diese Zwiebelmethode beim Ankleiden beenden. Schnauze voll von noch 'nem Pulli, ewig Schal und Mütze! Und plötzlich war er einfach da. Und fuhr gleich mal ein mit 19 Grad. Hat wohl doch noch ein bisschen Fieber, der Gute. Immer werde er angemeckert, raunte er und liess noch mal die Winde los. Kein anderer Kollege der

Jahreszeiten habe so einen schweren Start und werde so bekrittelt wie er. Jahraus, jahrein! Der Sommer, dieser Choleriker, würde ihn manches Jahr einfach überspringen. Der Winter sei oft zu träge, um sich pünktlich zu verziehen. «Wenn der erst mal flockig am Schneetreiben ist, wird er jedes Mal zur Rampensau!», eiferte sich Herr Lenz und knickte prompt eine Tulpenreihe um. Und dann wollen alle von heute auf morgen zartes Grün, leuchtend-bunte Farben, die ersten Hummeln ... Er arbeite ja! Aber wenn ers tatsächlich mal hinbrächte, wie früher, in den hochgelobten, alten Zeiten, dann würden ganz viele gleich wieder die Nase voll haben, über Heuschnupfen klagen und weiss der Himmel noch alles. Eines wisse er genau: Aller guten Dinge waren schon immer drei. Er könne also getrost bleiben, wo er sonst auch stecke, und freue sich drum auf die Klimaerwärmung und seine damit verbundene Frühpensionierung. «Und die Frühlingsgefühle?», rief ich ihm hinterher. «Ach, bleiben Sie mir doch vom Acker, Frau Herbst!»

## Alles Gute!

Darf ich Sie mal eben was fragen?

Kennen Sie *einen* arroganten Metzger? Der, weil er sich mit Tieren auskennt und weiss, wie haarscharf er das Messer ansetzen muss, Sie degradiert zum ungebildeten Kunden? Ich nicht. Gut, ich bin Vegetarierin. Aber selbst als ich noch zu den fleischfressenden Hominibus sapientibus zählte, sind mir nur nette Metzger begegnet, die vom lächelnden «Darfs ein bisschen mehr sein?»-Typ.

Und hochnäsige Bauarbeiter? Die, nur weil sie mit Fräsen, Bohrern und wirklich schwerem Handwerk vertraut sind, über den Passanten hinwegsehen, als gäbe es ihn gar nicht? Weiss ja nicht, welche Erfahrungen Sie diesbezüglich gemacht haben – ich muss auch diese Frage glatt verneinen. Auch unter Schreinern, die selbst die filigranste Arbeit noch sauber hingesägt kriegen, sind mir bislang nur bescheidene begegnet. Allesamt, ob Metzger, Bauarbeiter, Schreiner, sind mir als Menschen begegnet, die einfach ihr Handwerk lieben und deshalb für Eitelkeiten keine Veranlassung sehn. Fast wäre ich zum Schluss gekommen, dass, wer mit Messern, Fräsen, Bohrern, Sägen hantiert, Handwerker ist aus Leidenschaft, gelassen und fröhlich auf goldenem Boden steht und einfach Mensch ist. Wie Sie und ich. Dann aber traf ich auf jene Spezies Handwerker, die einem Metzger, Bauarbeiter, Schreiner gleich das Messer zücken, zum Bohrer greifen und Sägen aufheulen lassen und anschliessend mit einer Hybris daherkommen, als wandelten sie durch heilige Gänge und seien Gott selbst. Sie schreiten in wehenden weissen Gewändern. Ja sie sind Götter in Weiss. Von uns dazu gemacht, denn: Sie sind Chirurgen. Und wir nur zu schlecht erzogen, als dass wir uns nicht ohn' Unterlass vor ihnen verneigen. Sicher, sie tragen grosse Verantwortung. Aber bitte! Welcher Beruf trägt die nicht!

Gut, womöglich ist die Schweinefleischvergiftung, die fehlende Grubenabsperrung oder der blutverschmierte, zu kurz gesägte Tisch in unserem Dafürhalten weniger gravierend als Leben und Tod in Weisskittelhänden. Und natürlich gibt es auch ruppige Metzger, schlecht gelaunte Schreiner, desinteressierte Bauarbeiter und herzliche Chirurgen …

Aber das Schicksal sei uns gnädig und halte uns von all den Doktoren, Doppeldoktoren und med.-Zusätzen fern, die glauben, sie seien die Elite und viel mehr wert als jeder Einzelne von uns. In diesem Sinne: Bleiben Sie gesund!

### «I schänke dr mis ...»

Jetzt ist es gut eine Woche her. Ich war mit dem Fahrrad auf dem Nachhauseweg. Es muss gegen halb elf abends gewesen sein. In meinem Quartier war so gut wie niemand mehr unterwegs. Alles vernünftige Menschen, dacht ich innerlich grinsend. Dann rief jemand in meinem Rücken nach mir. Meinen Namen rief er nicht, einfach nur «Hallo!» und «Tschuldigung!», und ich hielt erst nach einigen Malen Rufen an, weil ich nicht gleich begriff, dass ich gemeint sein sollte. Ein junger Mann mit einem Kleinkind vor dem Bauch rannte auf mich zu: «Sorry, dass ich dich anhalte. Wohnst du hier im Quartier?» Ich nickte. «Könntest du mir einen Gefallen tun?» – «Kommt drauf an.» Er wohne auch gleich hier um irgendwelche Ecken, sei seit Stunden unterwegs, um Geld aufzutreiben. «Weisst du, es geht mir vor allem um das Wohl des Kleinen», sagte er sehr gewählt. Essen, Windeln – das kostet. Kurz und gut: Er pumpte mich an, und zwar um schlappe einhundert Franken. Ich hatte gerade eine Kollegin eingeladen, als Dankeschön für eine Arbeit, die sie für mich gemacht hatte, und hatte daher selber noch genau zwei Franken im Hosensack. Der junge Mann blieb unbeeindruckt und hartnäckig. «Ich hab einen Job, aber mein Lohn ist noch nicht da.»

Die Nummer war gut. Und wenn sie echt war? Der Mensch machte einen gepflegten Eindruck. Man weiss nie, in welche Klemme man geraten kann. Es gibt so Umstände. Und ich kenn das doch selbst so verdammt gut – wie das ist, ohne Geld. «Ich lass dir meine ID da. Kannst sicher sein, dass ich dir das Geld zurückbringe. Du würdest mir echt helfen.» Ich fuhr zum Postomaten, hob hundert Franken ab, derweil er an einer Strassenkreuzung wartete. Seine ID wollte ich nicht. Sicherheiten?! Ein Büro aufmachen wegen … Nein! Entweder er schätzt mein Vertrauen oder peng! Gab ihm stattdessen meine Visitenkarte. Er bedankte sich herzlich, als ich ihm den Hunderter in die Hand drückte, und ich fragte mich, während mich mein Fahrrad nach Hause rollte, ob ich es wieder tun würde, wenn der Kerl mich reingelegt haben sollte. Und ob der Nächste, der Ehrliche, dann leer ausginge, weil Vertrauen so leicht missbraucht werden kann. Ich hab das Geld bis heute nicht zurück, aber ich würde es wohl wieder tun. Weil man nie weiss … und weil ich das ja selbst so verdammt gut …

Auch das ist doch irgendwie menschlich, oder?

## Weinrebendank – Ein Trinklied

Prost, Brüder, kommt und lasst uns trinken,
lasst teilen uns das Fässchen Wein!
Wer weiss, ob morgen wir schon stinken,
ob tot wir liegen beim Gebein?!

Nein, Freunde, heute müssen leben,
und Dank dem Weine sagen wir.
Wer weiss, welch unerwartet Beben
uns morgen schon vernichtet hier.

Hier an den Tisch jetzt setzt euch, Brüder
und teilt mit uns, was übrig ist,
denn gar zu schnell liegt man danieder,
war man auch selbst der frommste Christ.

Was ist des Lebens grösste Freude?
Dass man weinselig niedersinkt,
dass man in seinem schönsten Kleide
benebelt über Felder springt.

Drum lasst die Sorgen, lasst den Kummer,
das ist doch Zeitverschwendung nur.
Es bringt euch stets den schönsten Schlummer,
tiefroter Saft aus der Natur.
Prost!

## Verstockte Inspiration
*Ein Dichterdilemma*

Du sitzt also da oben und schweigst.
Vielleicht sitzt du auch weiter unten
oder in den Ritzen,
in sämtlichen kleinen Öffnungen gar.
Kannst mich gut hören und sehen –
ich weiss das!
Du schweigst.

«Hallo?»
Du schweigst.
«Bitte!»
Du schweigst.

Liege vor dir auf der Erde,
bald auf den Knien, bald bäuchlings
mit ausgebreiteten Armen.
«Nur eine Anfangsidee!»
Du schweigst.

Kühl wird mir. Ich halte still.
Will dich nicht verpassen.
Nichts.
«Du hast die Macht! Kannst mich
hier verdorren lassen!»,
brüllt es in mir.
Ich lausche. Hoffe.
Nichts.

«Ein einziges Wort!»
Nichts.
Der Tag schliesst seine Augen.
Die Blätter bleiben weiss.
Die Sterne feiern ihr Lichterfest
während ich mich gebeugt zur Ruh begeb.
Da plötzlich wendest du dich mir entgegen,
öffnest einen Spalt breit deine Schatulle
und schenkst mir einen ganzen Satz:
«Man ändert schreibend nicht die Welt.»

## Spielcasino Basel – Ein Selbstversuch

«Friedrich-Miescher-Strasse», tönt es aus den Lautsprechern. Mein Herz klopft, ich bin aufgeregt. Bis auf einen, der im Bus sitzen bleibt, steigen alle an dieser Haltestelle aus. Sie alle haben wie ich an diesem Abend dasselbe Ziel: das Spielcasino. Auf der gegenüberliegenden Strassenseite glänzt es mir entgegen, in einem verheissungsvollen Rot. Und scheint so prallgefüllt, so erdbeerlecker, dass man seine Zunge danach ausstrecken möchte. Ein appetitliches Gebäude, ohne Zweifel. Ob die mich überhaupt reinlassen?, fährt es durch meinen Sinn. «Frauen in Jeans oder in zu sportlichem Outfit ist unabdingbar der Zutritt zu verwehren», hab ich irgendwo gelesen. Wo ist überhaupt der Eingang? Ich übe meinen coolen Gang, schlendere einfach den andern hinterher und versuche, meiner Haltung etwas Sorgloses zu verleihen. Keiner soll gleich von Anfang an merken, dass ich zum ersten Mal ein Spielcasino betrete. Die Drehtür zumindest merkt nichts, dreht einfach weiter und – schwupp! – bin ich drin. Garderobe abgeben. Aha. Kostenlos, das freut mich. Ausweis vorzeigen. Mach ich. Keiner sagt was. Dafür wird viel gelächelt und genickt. Freundlich. Einladend. Und nun? Am Ende des Foyers eine Bar, rechts davon ein Restaurant. Und zu meinem Erstaunen: überall Menschen. Auf Barhockern trinkend, an den Restauranttischen essend. Überhaupt herrscht ein reges Treiben. Das überrascht mich. Hatte tatsächlich geglaubt, vor 18 Uhr würde mir noch viel Leere entgegengähnen.

In der Mitte Rolltreppen. Die eine führt hinauf, die andere hinunter. Unten anfangen, denke ich und muss grinsen ob der Zweideutigkeit. «Spielbanken üben seit je eine Faszination auf die Menschen aus», hatte ich auch gelesen und betrete, unten angekommen, eine eigene Welt. Ohne die Stadt verlassen zu haben, den Kontinent, den Planeten, befinde ich mich in einer fremden Galaxie. Riesenhaft kommt er mir vor, dieser «unterirdische» Raum, gefüllt mit Spielautomaten in zig Variationen und Menschen aller Art. Die Beleuchtung verleiht eine Klubatmosphäre, als wollte sie sagen: «Wir sind hier unter uns.» Beinah jeder der Hocker, die jeweils vor den Automaten montiert sind, ist besetzt, und man kann es lange auf ihnen aushalten, so bequem sind sie gepolstert.
Denke kurz an den Film *Casino* von Martin Scorsese und bestätige innerlich, dass, wer ein Casino hat, ein reicher Mensch ist. Ich gehe langsam durch alle Reihen. Die gespannte Aufmerksamkeit, die Konzentration auf die Maschinen, die ernsthaften

Gesichter – das alles spricht gegen ein «Hallo, wie gehts, wie läufts denn so?». Lieber nicht.

Auffallend ist, dass kaum jemand sich unterhält. Nicht mal das Pärchen, das Pommes essend an einem ganz normalen Bistrotisch sitzt und offenbar Pause macht. Dafür wird viel geraucht. Ich sehe, wie eine Hunderternote in einen Automaten wandert, wie sie eingesaugt und verschluckt wird. Hundert Franken! Und wieder denkt es in mir. Nämlich an all die Situationen im Leben, in denen ich Freunde um einen Giacometti, also einen Hunderter angepumpt hatte. Und da wandert mir nichts, dir nichts, dünn wie Giacometti selbst jene Note in die Eiseskälte eines Automaten. Naja, warmgespielt war er sicherlich.

In sich geschlossen kommt mir diese Galaxie vor. Ich entscheide, die Rolltreppe nach oben zu nehmen. Insgeheim, ich kanns nicht verleugnen, bin ich nämlich auf der Suche nach dem, was das Gebäude äusserlich verspricht: Glanz und Glamour. Im obersten Stock ebenfalls ein reges Treiben. Der Glamour jedoch muss auf der Rolltreppe verloren gegangen sein. Der Unterschied zwischen unten und oben besteht einzig darin, dass es hier Tische gibt, an denen gespielt wird. Black Jack, Roulette und ein Spiel, dessen amerikanischer Name mir einfach nicht bleiben will. Unerheblich. Ich verstehe nichts. Gehe zunächst an die Bar. Wissend und selbstsicher sage ich zum

Barkeeper: «Einen Primitivo, bitte.» Dass der hier ausgeschenkt wird und von guter Qualität ist, weiss ich von einem Berufsspieler. Nennen wir ihn Mister Roulette. Ein Mensch, sympathisch, mit Herz, Humor und süditalienischem Temperament. Italiener spielen gern, tun sich allerdings beim Verlieren etwas schwer. Was dann schon mal zu kleinen Heftigkeiten führen kann, wie ich später von einem Croupier erfahren sollte. Die Asiaten verlieren mit einem Lächeln, den Südländern steigt die Zornesröte ins Gesicht. So, wenn auch nicht ganz so literarisch, drückte sich der Croupier aus. Jedenfalls hat mir die Auskunft von Mister Roulette treffsicher einen Primitivo in die Hand gespielt.

Entschliesse mich dann, zwanzig Franken in Jetons zu tauschen. Der Reiz ist zu gross, und wer nicht wagt, der nicht gewinnt. Zwanzig Franken – ein Klacks für manche, für viele ein Stundenlohn. Ich weiss das. Habe oft genug für weniger pro Stunde harte Arbeit geleistet. Jetzt liegen vier Plastikscheiben vor mir. «Einer, der als Besucher kommt, soll sich nie dazu verleiten lassen zu spielen!», mahnte mich Mister Roulette. Keine fünf Minuten später sind alle vier Plastikscheiben in einem schwarzen Loch verschwunden. Herrje.

Dem Croupier auf dem Hochsitz ist aufgefallen, dass ich weniger als keine Ahnung habe, was hier vor sich geht, und er spielt mir eine Karte zu, auf der der

Kessel mit seinen 36 Zahlen sowie Spielmöglichkeiten abgebildet sind. Man hilft gern und ganz selbstverständlich.

Links von mir wird ein Tisch neu eröffnet. Blitzartig werden Jetons gesetzt. Von wem? Es ist nicht mehr auszumachen, da die, die gesetzt haben, sogleich weitergegangen sind. Keiner bleibt an diesem Tisch stehen. Ich nutze die Gelegenheit, um mit dem Croupier zu plaudern. Ein offener, sympathischer Mensch, ungefähr in meinem Alter. Er antwortet bereitwillig und entspannt auf all meine Fragen. Mir scheint, er freue sich sogar, dass sich in dieser anonymen Atmosphäre jemand für ihn interessiert. Er mache diesen Beruf nun schon ein paar Jahre. 45 Minuten dauere eine Arbeitseinheit am Tisch, dann habe man 15 Minuten Pause. Ob ihm das Spass mache, möchte ich wissen, da ich es mir langweilig und ermüdend vorstelle, Jetons einzusammeln und alle paar Minuten «Faites vos jeux!» zu sagen. «Kennen Sie einen Arbeitsplatz mit so vielen Pausen?», fragt er lächelnd zurück. Warum denn keiner an seinem Tisch verweile? Die Leute spielen an mehreren Tischen gleichzeitig und laufen deshalb immer herum. «Schauen Sie, diese Dame mit den kurzen Haaren spielt immer an mindestens drei Tischen. Sie spielt ausschliesslich mit Hundertjetons …» – «Und sie vertraut Ihnen blind?» «Hier geht alles seriös zu. Die Croupiers hier oben beobachten das Geschehen an zwei Tischen, und über jedem Tisch zeichnet ‹das Auge› alles auf.» – «Gibts manchmal Krawall?» – «Nein. Ganz selten.» Und im Zweifelsfall würden die Aufzeichnungen durchgesehen. Für «das Auge» also breitet er jeweils die Geldscheine auf dem Tisch gut sichtbar aus, wenn jemand am Tisch selbst Bares in Jetons wechselt.

Ein alter Mann steht nun neben mir. In der linken Hand einen Turm Jetons. Dünn, beinah zerbrechlich wirkt er auf mich. Sein Gesicht ist blass und wirkt müde. Ein abgetragener Anzug hängt um seinen Körper. Ich schätze ihn auf Ende siebzig. Er nimmt ein Drittel seines Jetonturms in die rechte Hand und setzt. «Rien ne va plus!», meint der Croupier und fährt mit Hand und Arm über den Tisch. Eine fast beschwörende Geste. Der alte Mann gewinnt. Ich freue mich, wende mich ihm zu und sage auf Schweizerdeutsch: «Sie händ au no Glück!» – «Hä! Glück!», erwidert er, ohne mich anzusehen. «Ich weiss gar nid, wie mer das schriibt!» – «Mit ‹ck›», antworte ich und versuche ein Lächeln. Er geht kopfschüttelnd. Glücksspiele machen also nicht glücklich? Auch dann nicht, wenn man gewinnt?

Der Saalchef kommt auf mich zu. Sofort kommt mir Martin Scorseses *Casino* wieder in den Sinn. Nein, der Saalchef ist kein Robert De Niro, aber auffallend attraktiv, erschreckend jung. Sonnenbräune im gepflegten Gesicht, aufrechte Haltung. «Guten

Abend, Madame», sagt er, und ich vergesse für einen Augenblick mein brockenhausähnliches Äusseres. «Sie interessieren sich für das Roulette?» Ich nicke. «Am Tisch vorn an der Rolltreppe findet in wenigen Minuten eine Einführung statt.» Ich bedanke mich höflich. «Gerne, Madame.»

19.30 Uhr. Einführung ins Roulettespiel. Der Croupier, der mir den Tisch erklärt, kommt ursprünglich aus Norddeutschland, das ist nicht zu überhören und freut meine Ohren. Darauf angesprochen, meint er: «Hamburg.»

Ob ihm der Norden nicht fehle. Nein, denn er fahre so oft er könne gen Heimat. Er erklärt mir den Tisch. Den Unterschied zwischen amerikanischem und französischem Roulette. Bis vor Kurzem habe es hier im Grand Casino Basel noch französische Tische gegeben. Nun sind sie Vergangenheit. Kostengründe. Der französische Tisch benötigt das Doppelte an Personal. Der amerikanische Tisch erlaubt ein viel schnelleres Spiel. «Es ist alles sehr kommerziell geworden», sagt er mit wehmütigem Blick.

Kein Glamour? Es gehe um Umsatz. Ich erfahre, warum es farbige Jetons gibt, was die Zahl darauf bedeutet, wie man setzt, welche Gewinnchancen es gibt. Mir schwirrt der Kopf. So viele Informationen, aber der nette Mensch hat recht: So kompliziert ist es gar nicht. «Seien Sie vorsichtig!», sagt er warm und: «Viel Glück!» Ich lasse mich tatsächlich noch einmal verleiten, weitere zwanzig Franken in Jetons zu tauschen. Diesmal halten sie länger, aber nur, weil ich zögerlicher setze und schon gar nicht alles auf einmal. Auch diese vier Plastiktaler wandern schliesslich in das schwarze Loch. Und ich weiss, warum ich nur verliere. Ich habe Angst vor einem Gewinn.

Noch einmal nehme ich die Rolltreppe bis ganz nach unten. Hier hört man wenigstens, wenn jemand gewinnt. Psychologisch geschickt, denke ich. Die Schalen, in die die Münzen aus dem Automaten purzeln, sind aus Blech, und es klingt wie im Märchen der Goldmarie, wenn die Silbermünzen herniederregnen. Ich krame nach Einfränklern. Eigentlich sammle ich die für die Waschmaschine. Jetzt stecke ich einfach einen in den Schlitz. Ein Spiel beginnt. Vor mir blinken verschiedene Tasten auf. Ich habe auch hiervon keinerlei Ahnung. Drücke einfach auf irgendeine der Tasten und warte, was passiert. Die Scheiben mit den bunten Bildern beginnen sich zu drehen, halten nacheinander an, und oben in der Anzeige rattert eine Zahl. Plötzlich bin ich ganz aufgeregt. «Äxgüsi!», trau ich mich eine Automatennachbarin anzusprechen, die sogleich flüchten möchte. «Was bedeutet das?» – «Sie haben gewonnen», meint sie nüchtern. «Und jetzt?», frage ich verstört. «Drücken Sie einfach auf ‹Cash out›. Sie können natürlich auch weiterspielen.» Nein, das möchte ich jetzt wenigstens einmal erlebt haben, dass es «Pling!»

macht und es für mich Münzen regnet. Ich drücke «Cash out», und heraus purzeln siebzehn bezahlte Waschmaschinenladungen. Danke.

Jetzt aber nichts wie raus hier. An der Bushaltestelle belausche ich unfreiwillig ein Gespräch. Ein Mann erzählt einem anderen auf Italienisch, dass er einen guten Tag verbracht habe. Er habe heute Nachmittag bereits vierhundert Franken gewonnen, sie nach Hause gebracht und sei mit ungefähr achtzig Franken noch mal für ein paar Stunden im Casino gewesen. Er habe auf Casino-Kosten gegessen und sich amüsiert. Ausserdem sind ihm immerhin noch zwanzig Franken geblieben. Dann muss er niesen. «Salute!», sage ich und erreiche damit prompt, was ich wollte: mit ihm ins Gespräch zu kommen. Er sei aus Apulien, lebe aber schon viele Jahrzehnte in Basel. Ob er oft ins Casino gehe? «Certo! Jeden Tag!» Und das sei amüsant? «Si!» Das sei ein herrliches Vergnügen. Nun wollte er auch etwas wissen: Ob er denn mal mit mir zusammen ins Casino könne? Ach ja, ich hab Glück bei älteren Herren. Ich verneine. Warum? Ich würde nur verlieren, das mache mich fertig. Eben, deshalb solle ich mit ihm zusammen gehen. Er würde mir zeigen, wie man immer gewinnt. Ich bräuchte noch nicht einmal zwanzig Franken. Rührend, diese Süditaliener. Er schenkt mir noch viele Komplimente und seine Visitenkarte.

Anderntags treffe ich mich mit Mister Roulette. Nun möchte ich es genau wissen. Seine Augen glänzen bei jeder Antwort, die er auf meine Fragen geben darf. Vor dreissig Jahren habe er begonnen zu spielen. Es sei ihm damals sehr gut gegangen – finanziell. Aber er habe reich werden wollen. Angefangen habe er mit Karten- und Würfelspielen. Schnell sei es gegangen, dass er sich in einem Rhythmus von Gewinnen und Verlieren wiederfand. Er habe das Ambiente gemocht, diese Mischung aus Spass, Risiko, Faszination. Es sei ihm erst viel später bewusst geworden, dass er zum Spieler geworden sei. Roulette sei das «letzte Stadium». «Roulette macht abhängig wie russisches Roulette.» Sein Gesicht ist nun ernst. Ein Spieler verspielt alles. Wenn er kein Geld mehr hat, verkauft er alles, was er hat, um weiterspielen zu können. Es sei ein Sog. Das Geld einzutauschen, das Rollen der Kugel im Kessel zu hören, das Adrenalin im Blut … «Das lässt dich nicht mehr los!»

Man verlöre das Verhältnis zum Geld. Plastikjetons haben keinen eigentlichen Wert, sie dienen dem Spiel. Es sei interessant, dass es Spieler gäbe, die sich als Profis bezeichneten, als «Professoren der Mathematik». Sie glauben, sie könnten errechnen, welche Zahl als nächste falle. Er schüttelt den Kopf. «Es ist reiner Zufall. Es bleibt ein Glücksspiel.» Der Gewinner feiere sich innerlich wie einen Helden. Er fühle sich, als habe er einen Löwen erledigt. Jeder Verlust dagegen werde mit Philosophie getragen und weggesteckt. Je nachdem steige der Blutdruck oder er falle. Es sei schon ein Phänomen, wenn man es fertigbringe, den Gewinn davonzutragen. Warum? Weil die Gefahr gross sei, dass man glaubt, heute sei der besondere Tag. Der Tag, an dem man noch mehr gewinnen könnte. Und dann bleibe man und spiele weiter und weiter, bis alles wieder verloren sei.

«Der Glücksmoment ist ein grosses Gefühl voller Kraft und Energie. Du fühlst dich ruhig und sicher. Es ist ein Spiel mit dir selbst.» Noch einmal, noch einmal, noch einmal – das sei der Teufel, die Tücke. «Die Zeit vergeht, und die Chancen, alles wieder zurückzugewinnen, werden immer geringer.» Er habe schon alle Sorten Menschen erlebt. Superreiche, Hochintelligente, Leute, die sich tolle Autos von ihrem Gewinn geleistet oder ein Restaurant eröffnet haben. Auch er habe eine «Hans im Glück»-Zeit erlebt, in der es ihm an nichts gefehlt habe. Er sei Porsche gefahren, habe die Nächte in teuren Hotels verbringen können. Er habe dem Geld nie eine grosse Bedeutung beigemessen. Es komme und gehe. Warum er nicht mehr spiele? «Ich habe mein Leben lang gespielt und vieles verspielt – nicht nur Geld.» Die Werte seien nun andere geworden. «Ein Spieler spielt mit allem – auch mit seinem Leben!»

Ich sehe ihn fragend an. Dann wird er deutlicher: Er habe sich eines Tages regelrecht in Unterhosen wiedergefunden. Keinen Groschen mehr. Noch nicht mal für eine Tasse Kaffee, ein Brötchen, geschweige denn Zigaretten. Aber das Schlimmste an der Situation sei gewesen, dass er das Gefühl nicht losgeworden sei, er habe seine Seele verspielt. «Schau, es ist egal, wo du spielst. Die Orte sind wohl verschieden, die Situation bleibt die gleiche. Ein Kreis ohne Ende. Ich rate allen, die Finger von diesem ‹Hobby› zu lassen.» Ein Spieler, der nie wieder spielen wird? Ich misstraue der feierlichen Rede. Er beugt sich zu mir vor, schaut mir lange in die Augen und meint: «Ich trau mir selber nicht, darum habe ich mich vor ein paar Monaten sperren lassen.» Und ergänzt: «Die Liebe bleibt das Wichtigste im Leben!»

Angefüllt mit dieser Romantik, mache ich mich auf den Heimweg. Zu Hause wähle ich die Telefonnummer einer alten Bekannten in Norddeutschland. Ich erzähle ihr von meinen Eindrücken, meinen Erlebnissen. Und zu meinem Erstaunen eröffnet sie mir plötzlich, dass sie durchwegs gute Erfahrungen mit dem Spielcasino gemacht habe. «Du?!» Klar, das seien ihre besten und amüsantesten Jahre gewesen. Richtig herrlich sei das gewesen. Ich muss mich setzen. Als Kinder schon hätten sie zu Hause Roulette gespielt. Papa und Mama hätten dieses Spiel zu Kriegszeiten angeschleppt. Die ganze Familie sei fasziniert gewesen. Sie selbst habe als Jugendliche *Der Spieler* von Dostojewski gelesen. Der Spieler im Roman beginnt aus Spass, gewinnt viel Geld, hat Glücksgefühle. Dann wird sein Spiel zur Sucht. Am Schluss ist er pleite, und sein Leben nimmt ein elendes Ende. Das hätte sie doch warnen müssen? «Ach was! Du darfst einfach nicht geldgierig sein und musst gehen, wenn du gewonnen hast.» Zu ihrem einundzwanzigsten Geburtstag, damals der Zeitpunkt der Volljährigkeit, hatte die Mutter gemeint: «Geht ins Casino nach Travemünde und macht euch einen schönen Abend!» Sie gab ihrer Tochter noch zehn Mark, mit den Worten: «Sowie du reinkommst, setzt du die an dem ersten Tisch, an dem du vorbeikommst, und zwar auf die Einundzwanzig!»

Sie ist damals bereits verheiratet gewesen und ging also mit ihrem Ehemann ins Spielcasino, um ihren Geburtstag zu feiern. Es war eine elegante Zeit. Abendgarderobe war obligatorisch. Der Ehemann hat keine Krawatte – man will ihm den Zutritt verwehren. Da nimmt sie kurzerhand ihr Samtband aus dem Haar und bindet dem Mann daraus eine Fliege. Sie betreten das Casino, sie setzt auf die Einundzwanzig und verliert. Macht nichts. Es ist genug Geld in der Tasche, um sich einen richtig schicken Abend zu machen. Schliesslich soll die Volljährigkeit gefeiert werden. Nach einer Viertelstunde geht sie noch einmal an den Roulettetisch, setzt wieder auf die Einundzwanzig und gewinnt! Das Fünfunddreissigfache! «Meine Güte! Wir haben uns einen richtig schönen Abend gemacht!» Sekt vom Feinsten, Cocktails, Diner ... «Wir haben einfach einmal ‹grosse Welt› gespielt.» Als sie schliesslich alleinerziehend wurde, ging sie wieder ins Casino, um ihren Lohn aufzubessern. «Am Ende des Monats hatte ich jeweils mein Gehalt verdoppelt.» Verrückt. Ihre Strategie hiess: Sich nie aus der Ruhe bringen lassen. Nicht dem Gewinnrausch verfallen. Sie spielte auch Black Jack, obwohl sie bis heute nicht weiss, wie man das spielt. «Aber», so sagt sie mir am Telefon, «das klappte ganz gut.» Ob sie nie Angst gehabt habe, süchtig zu werden? «Nein. Das Wichtigste ist die Gelassenheit.» Sie fühlte nie die Gefahr der Spielsucht.

Gelassenheit und Liebe. Zwei Komponenten, die man im Leben nicht verlieren sollte – ganz gleich, ob man mal spielen geht oder nicht.

## Sonett

Ein Kopf voller Locken – ich verfang mich darin
Im Sehnen, im Denken, im Fühlen
Wünsch Locke für Locke zum Teufel hin
Während die Finger sie zärtlich zerwühlen

Ich zähle sie einzeln und lerne erneut
Das eine vom andern zu trennen
Schwarz und Weiss machen kräuselnd sich Haare breit
Zusammengerollte Antennen

Sie orten mich, streben mir entgegen
Wollen Haar um Haar sich ins Herz mir legen
Ein Kopf voller Locken – wo bleibt der Verstand?

So wirr wie dies Haupt ist nun mein Sinn
Meine Ruh, meine Ordnung sind längst dahin
Ein Kopf voller Locken in meiner Hand

## Unter bunten Dächern

Sollen die zaghaften Sonnenstrahlen etwa bedeuten, dass ab hier und heute Schluss ist mit dem Regenguss? Schade. Sie war gerade so schön im Fluss, die unwissenschaftliche Studie «Unter bunten Dächern». Das Wasser von oben, das sich in nicht enden wollenden Fäden tagelang aus den Wolken abseilte, rief Küchenpsychologen auf den Plan, die den Zusammenhang zwischen Schirm und Träger untersuchten. Gut. Die Tage waren grau, die runtergezogenen Mundwinkel zahlreich, aber wann hatte man je solch eine Vielfalt bunter Zelte en miniature durch Strassen und über Plätze wuseln sehn?

Vom klassischen Knirps über Burberry-gemusterte Damenmodelle, vom ausladenden Zweipersonenschutz über beschriftete Werbeträger, vom Kitsch bis zur Kleinkunst – alle Schirmherrschaften waren vertreten. Und man hatte Zeit, sich auszumalen, wer das ist, der sich darunter im Trockenen wähnt, den Knauf umklammernd, bereit, das gespannte Nylon als Waffe einzusetzen, um als Erster das Tram, den Bus oder das Kaufhaus zu betreten.

Der Knirps zum Beispiel, auf dessen schwarzem Nylon die Regentropfen wie edle Perlen wirken, schirmt sicher einen gut gekleideten, gepflegten, jungen Herrn. Und die drei grünen Wiesen, auf denen sich Hund und Katze küssen und die als Trio beieinanderstehen, bergen je eine Mutter und ein Kind. Oder der schlichte Blaue, der vom Sturm geknickt dennoch eine Dame halb trocken hält. Sie alle erzählen Geschichten, aber lassen sie tatsächlich einen Rückschluss auf den Träger zu? Der Küchenpsychologe freilich holt zum entschiedenen Ja aus und erklärt sodann, dass offensichtlich sei und aufgedeckt werden könne, was sich da unter Dächern regelrecht zu verstecken scheint.

Der Perlenknirps lasse demnach auf einen stilvollen Menschen schliessen, der ebenso zielstrebig wie aufgeräumt seinen Weg mache und es höchstwahrscheinlich bereits zum Manager geschafft habe. Die Wiese verrate Familienidylle. Hund und Katz seien Symbolträger für Fürsorge und Nächstenliebe. Das verbogene Gestänge, welches die elegante Dame schützend über sich hält, verrate, dass sie zwar äusserlich als Dame in Erscheinung trete, innerlich jedoch in Unordnung zerfalle. Fantastisch, denk ich, und unter allen karierten Schirmen kommt demzufolge ein kleiner Mensch zum Vorschein. Zeige mir deinen Schirm, und ich sag dir, wie du tickst. Chabisgmües!

Schirme sind mehrheitlich notgedrungen in die Hand genommene, unliebsame und zudem lästige Begleiter, werden nicht selten achtlos weggeworfen, am häufigsten jedoch vergessen, und zwar am liebsten im Restaurant.

## Vogel ohne Flügel

Haben Sie auch die Faxen dick vom «Bäumchen, wechsel dich»?

Jacke ja, Jacke nein, Schirm auf, Schirm zu, Licht an, Licht aus? Machen Sie's wie der Vogel ohne Flügel.

Ach so. Sie kennen ihn noch nicht, wissen gar nicht, was der macht.

Ich bin mit ihm auch eher zufällig bekannt geworden, um nicht zu sagen unfreiwillig. Und das ging so: Es war ein Samstagabend. Ich wollte mir was Gutes tun und ging in einem feinen Restaurant ebenso fein essen. Und kaum dass Vorspeise, Wein und Wasser vor mir standen, sass er unvermittelt an meinem Tisch und lachte mir in den Salat. Ein lebenslustiger Mann, den sechzig näher als den fünfzig, liess mich ungefragt an seinem Lebenslauf teilhaben. Ich wehrte mich nicht. Sein französischer Akzent war so stark wie charmant und hatte mich bereits nach den ersten Worten eingelullt.

«Isch konn sehen deine Aura!» – «Ah ja?! Ich hab also eine?», fragte ich beglückt, als hätte er mir gerade ein Geschenk gemacht. «Mais oui! Breite Auraaa, viele Farbe – alors: starke Energie!» Ich hatte bislang gedacht, jeder habe eine. «Non, non, non, noooon!», winkte er ab und hüllte sich gleich darauf in Schweigen. Grad jetzt, wo ich plötzlich heiss war auf Aurawissen. Verflixt.

Der Salat war vertilgt, ich nahm einen Schluck Wein und zündete einen Zigarillo an. Er lachte sehr herzhaft. So viel zufriedene Gelassenheit trifft man selten. «Isch aabe auch geraucht – früher!», setzte er an. «Und seit isch nischt mehr rauche … fliege isch.» – Hatte er gerade fliegen gesagt? «Oui! Oui!», lachte er. Jede Nacht fliege er – im Traum. Und das seit 1993, eben jenem Zeitpunkt des Rauchstopps. Seither habe er seine Technik naturellement erheblich verbessert. «Naturellement!», bestätigte ich tonlos. So bereise er die Welt. Thailand beispielsweise kenne er sehr gut. Wobei er lieber über und durch Städte fliegt. Frankfurt, Paris, London. Ganz bekannte und allerseits beliebte Flugdestinationen, denke ich. Seit Wochen fliege er «New York – hin und zurück». Faszinierende Stadt. Er kenne New York mittlerweile wie seine Westentasche.

Und wie bitte funktioniert das?
«Gooonz einfach! Isch lege misch ins Bett, sage mir, wohin isch fliegen möschte, und eebe ab.» Wieder dieses herzhafte Lachen, bevor er ergänzend hinzufügt: «Isch bin ein Vogel ohne Flügel!»

Liebe Leser! Rauchen ist schädlich, wird ohnehin bald überall verboten, und das mit dem Wetter hierzulande ist doch auch grosser Mist. Bevor wir uns zu Ausgestossenen machen lassen, lassen wir lieber den Tabak links liegen, lösen die Handbremse und heben ab – an den Ort unserer Träume.

Ihnen und mir wünsche ich an dieser Stelle mit einem herzhaften Lachen: Guten Flug!

## Würzburg – Meine Stadt
*(Mit lieben Grüssen an Rose Ausländer)*

Würzburg
meine Stadt

Provinz mit steifer Bischofsmütze
schrumpfköpfig
kirchenschwer

Würzburg
dein Schneider
reisst sich am Riemen
träumt von der Vogelweide

Würzburg
barockatmend
Die Zunge müd vom Wein

Mein Würzburg
kann mich
bocksbeutelnochmal!

## Herbst in Basel

Hin und wieder werde ich gefragt, wann und wie ich nach Basel kam. Manchmal erreicht mich die Frage auch knapper: «Warum Basel?» Und dann fällt mir wieder ein, dass nicht ich die Stadt gewählt habe, sondern die Stadt mich. Und es fällt mir ein und wieder auf, dass das schon immer so gewesen ist. Mit allen Städten, allen Orten. Ich wurde sozusagen jeweils dorthin katapultiert. Zum ersten Mal nahm ich im Jahre 1990 auf diesem Schleudersitz Platz. Der Beruf der Schauspielerei rief und schleuderte mich nach Landshut. Sanfte Landung. Kein Kunststück. Die niederbayrische Stadt ist lediglich ein paar Steinwürfe von meinem Geburtsort entfernt.

Landshut. Ich erinnere mich gut. Denn: Obwohl noch im heimatlichen Bundesland, dem strengen Freistaat, verstand ich anfänglich kein Wort. So sehr ich mich konzentrierte und die Ohren spitzte, ich wurde das Gefühl nicht los: Die Leute hier sprechen nicht – sie bellen! Im eigenen Land die Sprache nicht zu verstehen, macht unsicher und nervös. So kam es, dass ich mich, kaum angekommen, auch schon unbeliebt gemacht hatte. Der Vermieter meines Zimmers zeigte mir die Räumlichkeiten, erklärte mir die Kaffeemaschine, die Badezimmerzeiten … Ich stand dumm lächelnd im Raum, verstand keine Silbe und hörte mich plötzlich sagen: «Entschuldigen Sie, aber ich bin dieser Sprache nicht mächtig», und konnte selber nicht fassen, dass solch ein Satz – noch dazu in gestochenem Bühnendeutsch – soeben meinen Mund verlassen haben sollte.

Der Busfahrer (es war tatsächlich immer derselbe), der mich jeweils vom Theater ins möblierte Zimmer fuhr und umgekehrt, versuchte mir jedes Mal, wenn ich einstieg und eine Fahrkarte bei ihm löste, etwas zu erklären. Ich nickte und lächelte stets höflich, liess ihn bellen und hatte keinen Schimmer, was er von mir wollte.

Das ging einige Wochen so. Bis zu dem Tag, da ich endlich verstand, dass er mir all die Zeit, geradezu väterlich, lediglich eine günstige Mehrfahrtenkarten hatte empfehlen wollen. Von da an hatte ich die Niederbayern richtig gern. Gelernt hab ich in dieser Gastspielzeit ausserdem, dass der Niederbayer den Ausdruck «Arschloch» oft gebraucht, ein Arschloch jedoch ein Herzensmensch ist, also eben kein Arschloch im Sinne der Gebrauchsweise übriger (Bundes-)Länder.

Es kam der Tag, da auch in Landshut das Katapult gespannt und bereit auf meinen Hintern wartete und mich diesmal kilometerweit zu verschleudern wusste. Ich landete um Haaresbreite – platsch! – *in,* letztlich jedoch *an* der Ostsee in einem Fischerdorf. Von da an war sie losgetreten und einer Lawine gleich nicht aufzuhalten, die Zeit der Ortswechsel. Mein Leben wurde zum Nord-Süd-Gefälle.

In Welt bin ich gewesen. Nicht *der,* sondern *dem.* Einem fast gottvergessenen, malerischen Ort in Nordfriesland. War im braunen Celle, im Bierdunst Hamburgs, in der Kinderwagenstadt Winterthur, dem exotisch klingenden Malente und, und ... und wurde schliesslich in die Stadt Basel katapultiert, dieser ganzen Stadt im halben Kanton, und das mitten im Herbst. Streng genommen ist mein erstes Dahingeschleudertsein ein Besuch auf Probe gewesen. Ich war zu einem Test eingeladen worden. Die Strassenbahn – äxgüsi – das Tram, das mich zu diesem Test fuhr, trug die Nummer 15, zog quietschend einen Berg hoch und durch ein Waldstück hindurch. Eine Automatenstimme sagte: «Wolfschlucht», und ich klemmte deutsch und heimlich ein «s» zwischen den Wolf und seine Schlucht, bevor ich aus dem Fenster staunte und «Welch malerischer Arbeitsweg» dachte. Der Test wurde ein herrliches Erlebnis. Man hatte mich an ein Pult mit unzähligen Knöpfen und Hebeln gesetzt. Ich fühlte mich wie im überdimensionalen Cockpit eines Flugzeugs, und kaum dass mir das Knöpfeln und Hebeln erlaubt wurde, hob meine

Kinderseele auch schon strahlend ab. Pilot sein war immer schon mein Traum gewesen. Wäre ich damals durchgerasselt, zum nächsten Ort katapultiert worden, mit nur dieser einen, kleinen Begebenheit im Gepäck, ich würde dennoch von der Stadt Basel schwärmen – obgleich ich an jenem Tag nichts weiter von ihr gesehen hatte. Das Cockpit jedoch wurde tatsächlich mein Arbeitsplatz, und ich ging «on air». Nach einigen «Blindflügen» kamen die «Nachtflüge», und an einen dieser «Nachtflüge», oder besser an das, was danach kam, erinnere ich mich besonders gern. Das letzte Tram, das mich jeweils vom «Hangar» bergabwärts brachte, trug stets die Nummer 5 und fuhr mich zu dieser nachtschlafenden Zeit gewöhnlich beinah bis vor die Wohnungstür. Einsteigen, nach wenigen Metern zwischen «Wolf» und «Schlucht» heimlich ein «s» schieben, durch die Fenster in die Nacht hinaus träumen, all das war längst schon lieb gewordenes Ritual. Alles schien wie immer. Die Automatenstimme informierte zuverlässig über den Standort, sagte irgendwann «Bankverein» und schob ganz unvermittelt ein «Endstation. Bitte alle aussteigen» hinterher. Aussteigen? Hier? Eigenartig. «Gut», dachte ich, «geh ich eben rasch durch die Stadt zu Fuss nach Hause.» Die Nacht war mild, der Weg nicht weit. Ausserdem war ich ja Pilot und hatte fliegen gelernt. Ich lief die Freie Strasse hinunter und fand mich plötzlich inmitten einer Fantasiewelt wieder. Ganz so, als hätte ich soeben einen fernen Planeten betreten. Da liefen in tranceähnlichem Rhythmus Gestalten fremder Galaxien, in Gruppen formiert, pfeifend und trommelnd. Die Wege waren mit einem dichten Konfettiteppich gepolstert, der alles dämpfte und traumhaft erscheinen liess. Ich stand wohl einfach da mit offenem Mund und muss ein seltsames Bild abgegeben haben. Am liebsten hätte ich umgehend irgendjemandem davon erzählt. Ein «Stell dir vor!» in irgendeine Leitung gerufen. Aber es war mitten in der Nacht. Ich konnte meine Faszination im Augenblick nicht teilen, und letztlich war auch nicht in Worte zu fassen, was ich da gerade mit allen Sinnen erleben durfte.

Meinen Plan, mal eben rasch über den Marktplatz nach Hause zu laufen, musste ich ebenfalls verwerfen. Es gab kein Durchkommen. So bahnte ich mir meinen Weg den Spalenberg hoch, Schritt für Schritt weiter staunend. Oben angekommen, wurde es lichter, und mit einem Mal bogen aus einem Gässchen wie ferngesteuert zwei Gestalten, langsam vorwärtsschreitend. Die eine pfiff, die andere trommelte. Fürwahr ein poetischer Moment, der mich tief berührte.

Noch als ich im Bett lag, schritten die Wesen durch meine Gedanken. Alle Faschingsvermeider und Karnevalsverweigerer hab ich seitdem zur Basler Fasnacht zu bekehren versucht. Sie ist nicht von dieser Welt, sondern galaktisch und poetisch ohne Ende.

Das waren meine ersten Monate in Basel, und es sollten unzählige folgen. Basel ist mir ans Herz gewachsen. Ich mag den Himmel über dem Rhein, die Fähren darunter, geniesse die Offenheit und freue mich jedes Jahr aufs Neue auf die Herbstmesse.

Hier in dieser ganzen Stadt im halben Kanton erhole ich mich seit Jahren von meinem Schleudertrauma, welches ich genau genommen nie hatte, aber es passt so gut an den Schluss meiner Hommage.

## Ferienträume

Mir träumte, meine Gedanken hätten ihre Koffer gepackt und seien auf und davon in die Ferien. Als ich am Morgen aufstand, fand ich auf dem Küchentisch einen Zettel:
«Liebe Anette, sind für ein paar Tage frischen Wind geniessen. Herzlichst – deine Gedanken!» Stellte fest, sie hatten auch die Sorgen und den Alltagsdruck mitgenommen. Mit innerer Leere trank ich meinen Kaffee. «Nicht mehr denken!», sagte mein Mund. «Keine Sorgen!», lachte mein Herz, und: «Druckfrei!», atmeten meine Lungen. Mein Gewissen seufzte erleichtert. «Diese Bande!», schmunzelte die Seele, «geht einfach in die Ferien!»

Und ich sah sie vor mir:
Die Gedanken gedankenverloren auf der Luftmatratze treibend auf irgendeinem der Meere, die genau genommen eines sind und sich nur verschieden nennen. Die Sorgen sorglos in zwischen Bäumen gespannten Hängematten schaukelnd, in denen sie sich endlich einmal angenehm beschattet fühlen konnten. Den Druck tauchend zwischen Korallen

und in einer Meerestiefe, die schon wieder schwerelos macht.

«Herzensdinge?» frug mein Herz und hüpfte aufgeregt. «Ja», meinte mein Mund, «Zeit für Herzensdinge.» Und die Seele platzte gleich mit mindestens ... wenn nicht noch mehr Dingen heraus, die ihr auf ihr selber brannten. Der Alltag schmeckte süsslich, so ohne Druck, und sang ein «Herrlich!», dass es wie «Halleluja!» klang.

Da pochte und pulsierte also das nackte Leben in allen Poren und Facetten. Vor Freude und Aufregung bin ich erwacht. Vielleicht auch durch den Presslufthammer, der seit sieben Uhr morgens schwitzend seinem Lärmdienst nachging. Doch trotz gepresster Hämmerei schlief ich ganz kurz noch einmal ein und träumte, dass der Bau auf der Stelle die Wagen packte und ein Ferienschild auf die Strasse warf. Die Bauarbeiter waren frei, und im Hinterhof plätscherte vergnügt der kleine Brunnen.

Ferien sind eben doch die schönste Jahreszeit.

## Anti-Aging? – Ohne mich!

Gestern war ich siebzehn Jahre alt. Ohne Witz. Wahrscheinlich aufgrund schlechter Beleuchtung, mangelnder Brille oder schlicht aus Verantwortungsbewusstsein. Auf jeden Fall ganz ohne Botox oder sonstigem Verjüngungsschwindel. Möglich, dass Sie mir das nicht abkaufen, dass Sie sofort sagen werden: Frei erfunden! Die folgende kleine Szene aber hat sich tatsächlich zugetragen. Sie ist ... so wahr ich lebe.

Es war heller Vormittag. Der Herbst zeigte ein strahlendes Gesicht – die Herbst noch nicht gänzlich entfaltete Wachheit. Ich hatte gerade die Volkszahnklinik verlassen (das ist eine andere, schmerzlose Geschichte) und schob mit meinem Fahrrad Richtung Kaserne. Weiter links davon nämlich befindet sich ein Tabakladen (bitte jetzt nicht umleiten zur Nichtraucherkampagne, denn das ist eine andere, nicht ganz schmerzfreie Geschichte). Gut. Ich also rein in den Laden. Hinter der kleinen Theke ein fein gekleideter, älterer Herr. «Guete Daag!» – Gleichfalls. «Eine Schachtel Petit Nobel, bitte.» Er öffnet die Tür zum

Humidor. «Türkis!», ruf ich noch hinterher und meine damit die Schachtelfarbe. Er klaubt sie aus dem oberen Regal, muss sich ordentlich strecken dabei. Dann kommt er zurück, legt die Schachtel auf den Tresen, ohne sie loszulassen, und sieht mich an. «Sind Sie schon achtzehn?», fragt er gewissenhaft. Er meinte mich! Ja! Ich brauchte mich nicht umzudrehen – ich war allein im Laden. Scherzfrage?, denke ich, aber er betrachtet mich ganz ernsthaft und meint: «Die Verordnungen heutzutage – daas isch ja gschtöört!» – «Äh, ja!», bring ich hervor. Da er weiter die Schachtel festhält, ergänze ich: «Das hätten Sie mich mal vor fünfundzwanzig Jahren fragen sollen», und komme mir sofort arrogant vor. Nun sieht er mich fragend an. War da etwa eine versteckte Kamera? Gibts die Sendung überhaupt noch?! «Ich bin dreiundvierzig», erkläre ich schliesslich und bin mir mit einem Mal selber nicht mehr sicher.
Daraufhin jedoch durfte ich zahlen, die Schachtel Zigarillos mein Eigen nennen und ihm einen schönen Tag wünschen.
Verwirrt fand ich mich auf der Strasse wieder.

Noch nicht achtzehn sein, stellte ich mir vor. Noch mal die Abiturprüfung machen müssen und diesmal mit Sicherheit durchrasseln. Ein Albtraum! Fünfundzwanzig durchlebte und teils durchlittene Jahre spulten sich in den nächsten Stunden noch einmal in meinem Gedächtnis ab. Erst nachdem ich endlich bei meinem realen Alter angelangt war, atmete ich tief durch.

Gott zum Gruss! Ich bin dreiundvierzig! Und das ist gut so. Kein Jahr möchte ich streichen oder zurückkriechen. Nie hab ich mich freier und wohler gefühlt als jetzt. Bei mir finden die Jungspritzer und Glattbügler keine Einkommensquelle. Denen lächle ich faltenfroh in ihre Silikontaschen!

## Wohin ist sie entschwunden?

Man schreibt und liest viel von «sehr geehrten Damen und Herren». Hin und wieder werden diese sogar gesteigert, indem man sie «verehrte» nennt, wobei man auch davor noch ein «sehr» setzen kann, wenn man seiner Verehrung besonderen Ausdruck verleihen möchte.

Angesichts der zweibeinigen Individuen, die vor allem bei schönem Wetter auszuschwärmen pflegen, frag ich mich allerdings seit Langem, wo denn diese Damen und Herren geblieben sind – vor allem die ehrenwerten? Flanierende Würste, ja, die trifft man allerorten. Flip-Flop-Schlurfer auch. Und nachlässig gehaltene Rückgrate, oder gar fehlende. Lasche Erscheinungen, bunt bemalte Bohnenbäume, Kaugummi kauende oder Rotz spuckende Gestalten, wandelnde Biertitten, modeversklavte Halbstarke, telefonsüchtige Alleserzähler, sackkratzende Symbolträger, grölende Alkoholfahnenschwenker, wichtigtuende Schlaffsäcke …

Die Auflistung ist unvollständig – bei solch einer Artenvielfalt ohnehin. Und die Dame? Und der Herr? Die Nadel im Heuhaufen? Die Anrede sei eine neutrale Floskel und mache sich eben gut. Als die Floskel Einzug hielt in die Briefköpfe der Menschheit, waren gewiss die Damen und Herren in der Überzahl. Die Zeiten ändern sich halt, man könne aber ja dennoch die Contenance wahren. Sicher. «Sehr geehrter Oberschlurf» macht sich wirklich nicht gut. Obwohl wir durchaus mit der veränderten Zeit gehen dürften und dementsprechend nun diese Individuen ehren könnten. Als Zeitzeugen gewissermassen. Nein? Eine Stilfrage?

Ach so. Aber warum ausgerechnet eine solche Frage in einer solch stillosen Zeit? Dann sei mir angesichts des abschreckenden Bildes einer flanierenden Masse auch eine Frage erlaubt: Wohin, meine sehr verehrten Damen und Herren, ist um alles in der Welt die Erotik entschwunden?

## Dreifaltigkeit

Müsste, Könnte und Sollte
belagern seit Tagen meine Wohnung
Sollte weiss alles besser
Müsste schläft mit meinem schlechten Gewissen
Ich würge noch am Gestern
am Traum der vergangenen Nacht
Der Sturm, meint Könnte, heftiger nicht sein
ich beneide die Bäume vor den Fenstern
die sich biegen und biegen ohne zu brechen
Während ich mich übergebe
brummelt Sollte, er habe es vorher gewusst
Könnte singt Unverständliches
Müsste: man nach dem Beischlaf nicht rauchen?
Sollte läuft an
—————————————————STILLE
Aus allen Poren tropfen sie mir
langsam davon
Die Leere danach
hatte ich nicht erwartet

## Scheiss Höflichkeit!

Ich bin ein höflicher Mensch.
Schon immer gewesen.
Und nicht nur, weil ich so erzogen wurde oder es das Leben angenehmer und friedlicher macht. Sondern auch, weil es wunderschöne Gesten der Höflichkeit gibt. «Darf ich Ihnen die Tür aufhalten?» ist liebenswürdig, «Bleib sitzen, ich hol das für dich» ist liebevoll. Den verirrten Käfer aus der Duschwanne vor dem Ertrinken retten, ist womöglich schon Tierliebe. Man könnte also sagen, aus lauter Liebe zu Kreaturen, Situationen und Dingen bin ich im Grunde meines Wesens ein höflicher Kerl. Weit über «Bitte» und «Danke» hinaus. Echt empfundene Höflichkeit ist unangestrengt, kostet nicht mal Energie.

Aber manchmal wundere ich mich über meine Höflichkeit, ja, kotzt sie mich geradezu an. Und zwar dann, wenn ich aus irgendeiner Mistkonstellation heraus auf einen Menschen treffe, der mich mal willentlich verletzt hat oder sich verletzend verhält. Dann ist meine Höflichkeit kein Geschenk, kommt sie nicht aus dem herzlichen Innern, sondern ist erzwungener Gesellschaftskonformismus. Mit anderen Worten: erstunken und erlogen. Und dann wünsche ich mir, man dürfte einfach auch mal «Blöde Kuh», «Scheisstyp» oder «Arschloch» sagen. Ungestraft und ebenso natürlich, wie aus einem in anderen Situationen die Höflichkeit sprudelt. Man müsste auch nicht künstlich das Gesicht verziehen, bis es aussieht wie ein Lächeln. Nix. In aller Echt- und Wahrheit dürfte man dem andern zeigen, was man wirklich denkt und meint. Klar. «Schönen Tag noch» klingt fröhlicher als «Geh mir aus der Sonne, du Idiot». Aber Letzteres wär unangestrengt und tät hin und wieder einfach saugut.

## Schraube locker

Seit ich denken kann, bin ich von Baumärkten fasziniert und begeistert. Und das, obwohl bei mir längst nicht «alles in Obi» ist. Ich krieg nämlich nur jeden zweiten Nagel in die Wand und hab grossen Respekt vor elektrischen Sägen und schweren Bohrern. Dennoch treibe ich mich immer wieder in Baumärkten herum. Werde regelrecht magisch von ihnen angezogen. Vielleicht liegt es am speziellen Geruch dieser Hallen. Einem Geruch aus Abenteuer und Selbständigkeit. Einem Hauch handgemachter Freiheit. Vielleicht liegt es auch am Unfertigen, das man da vorfindet. Ein Baukasten für grosse Leute, die davon träumen, ihr Leben eigenhändig zusammenbasteln zu können? Wie auch immer. Ich finde Baumärkte einfach herrlich. Man begegnet dort Menschen mit unterschiedlichsten Motivationen und in ebensolchen Outfits. Hier scheint sich die Welt zu treffen: Fliesen schleppend, Schläuche tragend oder fachmännisch und gedankenverloren vor der Schraubenvielfalt. Traumhaft. Und die Begeisterung der Einzelnen, die dort Teile suchend auf ihr Ziel hinarbeiten, ist ansteckend. In einem der zahlreichen Gänge beispielsweise, in dem Scharniere in allen Varianten und Grössen in verschiedenen Kästchen auf einen Hobbyisten warten, treffe ich eine Frau. Sie macht auf mich durchaus nicht den Eindruck, als könne sie mit all den Sachen gar nicht umgehen. Würde man allerdings dieser Frau auf der Strasse im ganz normalen öffentlichen Leben begegnen, käme man aufgrund tradierter Bilder nicht auf die Idee, dass man hier an einer Person (mitunter achtlos und gleichgültig) vorübergeht, die ganze Gartenhäuser selbst entwirft und zusammennagelt. Ich treffe sie, wie gesagt, bei den Scharnieren und frage, ob sie mir verraten wolle, was genau sie suche und damit vorhabe. Sie lächelt offen und antwortet gleichermassen: «Ich möchte eine zusätzliche kleine Türe für meine Tiere einbauen.» Die Tür habe sie schon zurechtgesägt und entsprechend bearbeitet, jetzt fehle noch die passende Mechanik. Ob sie des Öfteren heimwerkt, will ich wissen. «Unentwegt», meint sie fröhlich und aufgeräumt. «Soweit es geht, mache ich alles selber.»

Im Gang der schweren Maschinen und Werkzeuge treffe ich auf einen quirligen Mann, einen Selfmade-Typen par excellence. Beinah meditativ seh ich ihn vor dem Werkzeugarsenal stehn und wage nach einigem Zögern seine Konzentration zu stören. Er sei Hobbymechaniker aus Leidenschaft, sprudelt es mir entgegen. Und das zu glauben, fällt mir aufgrund seines jetzt strahlenden Gesichtes denkbar leicht. «Vor allem Oldtimer», ergänzt er und überflutet mich förmlich mit Informationen über Fahrzeugtypen, Jahrgänge, Motor- und Karosseriearten. Dann macht er eine Pause. Für Sekunden betrachten wir schweigend das Werkzeugangebot. «Schrott», sagt er plötzlich unvermittelt. Ich seh ihn an mit einem Fragezeichen im Gesicht. «Ehrlich», erklärt er, «überwiegend Schrott.» Echtes Werkzeug, mit dem man auch echt arbeiten könne, finde sich nun mal nur in Fachgeschäften. Für Profibastler sei ein Baumarkt die absolut falsche Adresse. Warum man ihn denn dann überhaupt hier träfe, frag ich stirnrunzelnd. «Jaaa», antwortet er gedehnt, manchmal gebe es eben doch auch das ein oder andere Angebot, das sich lohne. Wieder entsteht eine Pause. «Wobei», schränkt er gleich wieder ein, «die Bohrmaschinen sind hier eine Katastrophe.» Er habe eine Hilti im Haus. Eine Hilti! – oohaa! Das ist Profiwerkzeug. «Eben», meint er, und ich schleich mich Richtung Infostand.

Wer informiert hier wen, und welche Ausbildung ist dazu nötig? Das hat mich schon immer interessiert. Denn eine Frage drängt sich in solchen Hallen geradezu auf: «Gibts überhaupt noch Fachpersonal?» – «Die meisten von uns waren in der Baubranche tätig», erklärt mir der nette Mann am «i-Punkt». Er selbst konnte in seinem Bauberuf aus gesundheitlichen Gründen nicht mehr weiterarbeiten – so sei er schliesslich hier gelandet. Und das Publikum?

«Amüsant», lacht er, «meist so wie der gerade.» «Der gerade» war ein Kunde, der nach einem genauen Schraubenmass suchte und detailliert beschrieben hatte, was er wie, wann und wo vorhabe. Aber der Mensch von der Info hilft gern. «Dafür sind wir da», sagt er fast einem Werbeslogan gleich. Und er selbst? Bastelt und baut er auch zu Hause? «Nicht mehr», lautet die nüchterne Antwort. Früher habe er schon viel gemacht. Heute bleibe aufgrund des Jobs gar keine Zeit mehr.

Mit einem Mal wiegt er seinen Körper von links nach rechts und zurück, um dann freundlich, aber bestimmt zu bemerken: «Wenn Sie über uns berichten, dann muss ich das mit der Personalabteilung absprechen.» Ich versuche ein charmantes Lächeln und schwäche ab: «Nicht nötig. Es wird ja niemand namentlich erwähnt.»

Wozu auch. Wir alle wissen, dass es einen Obi gibt, ein Bauhaus, einen Hornbach, einen Hagebau, den Toom, den Coop Bau & Hobby ... und wie die Do-it-yourself-Läden sich alle nennen mögen. Der eine ist gross, der andere günstiger, der nächste gut organisiert und aufgeräumt, im einen findet sich engagiertes Personal, im anderen Verständigungsschwierigkeiten. Aber letztlich gleichen sich alle – irgendwie. Vor allem gleichen und häufen sich die Anekdoten, die ein Baumarktleben und Heimwerkerdasein erst so richtig liebenswert machen.

Die Geschichte beispielsweise jenes amerikanischen Professors in Deutschland. Er hiess Robert Knych, unterrichtete in der amerikanischen Siedlung meiner Heimat, konnte nicht gut Deutsch, kannte jedoch das Wort «Schrank». Robert versuchte stets, sein Haus zu verschönern, war allerdings handwerkertechnisch eher unbegabt. Den Schrank, an dem die Türen schon fast abfielen, wollte er so reparieren, dass die Türen wieder gut fixiert und dadurch auch wieder zu öffnen und zu schliessen waren. Was er letztendlich jedoch präsentierte, waren Schranktüren, die er einfach zugenagelt hatte. Somit war das Problem der herausfallenden Türen zwar gelöst, die Türen selbst natürlich leider funktionslos. Sein stolz ausgerufener Satz «I fixed the Schrank!» wurde in unserer Familie zum Dauerlacher und Bonmot.

Überhaupt gab es in unserer Familie genügend Erlebtes, um von Anfang an und für immer die Finger vom «Selbstgemachten» zu lassen und gleichfalls einen Bogen um jeden Baumarkt zu ziehen. So hatte ich als Jugendliche ein nahezu haarsträubendes Erlebnis. Ich hatte mich im Badezimmer eingeschlossen, was Mädchen im pubertierenden Alter gern tun, um mich «aufzumotzen» für den Ausgehabend. Schminke im Gesicht, Schaum im Haar, steckte ich den Fön in die Steckdose, und kaum dass ich ihn angeschaltet hatte: Peng! Und zeitgleich um mich herum tiefste Nacht. Ich dachte, man hätte mich erschossen. Meine Fantasie war damals westerndurchtränkt genug. Mein Schrei im ganzen Haus zu hören. Ich tastete mich aus dem Bad hinaus durch die Kurzschlussfinsternis. Mein Vater lachte verlegen und meinte entschuldigend, er habe den Wackelkontakt beheben wollen und dabei die einzelnen Kabel wohl nicht recht zusammengebracht. Klasse! Der Schreck sass mir lange in allen Gliedern, das Gelächter innerhalb der Familie war ebenso anhaltend.

Und dem nicht genug, folgten unter Lachsalven andere Geschichten. Die etwa, in der mein Vater, ganz der selbst ernannte Heimwerker, mal eben nebenbei die Deckenlampe im Zimmer meiner Grossmutter reparieren wollte. Beim Werkeln glatt einen derartigen Schlag versetzt bekam, dass er sich gleich darauf leicht angekohlt auf ihrem Sofa wiederfand.

«Die meisten Unfälle passieren im Haushalt», liest man häufig in der Presse. Tja, und die groteskesten werden nur in Glossenform gedruckt. Wie auch immer. Handwerk hat goldenen Boden, ist vielleicht nicht ganz ungefährlich, aber man bezahlt das Leben ja ohnehin mit dem Tod. In diesem Sinne: Entschuldigen Sie mich jetzt bitte – ich muss los! Im Baumarkt gibts nämlich jetzt auch Tannenbäume. Und die schönste Nordmann – die ist meine. Frohe Zeit!

## Weihnachten

Nachtets schon?
Wer hält den Wein
in weihevollen Händen?
Der Himmel weit
die Krippe schmal
das Kind nackt um die Lenden.

Wer hat den Stern sich ausgedacht?
Hat wer geweint in dieser Nacht?
Und wer sind diese Herren?

Kommen im Morgenrock daher
mit zugedröhnter Seele
Es weihnachtet wohl allzusehr
man siehts an dem Kamele.
Owei! O Nacht!
Ach, leih der Macht
der Menschen 'nen Kometen
damit sie statt am Knopf zu drehen
die Hände faltend
beten!

### Vernunft – na und!

Wenn die Vernunft die Koffer packt und blaumacht, dann machen sich sogleich die «zu» breit und hängen sich saftigen Sahneschnitten gleich vor alles, was dann nach «Verderben» schmeckt. «Zu viel», «zu lang», «zu üppig». Die Liste allein ist schon unvernünftig lang. Eine Zu-Mutung für Seelen, die baumeln möchten. Warum aber klingt «Vernunft» nach Erziehungsberater und hinterlässt der Zusatz «zu» stets einen negativen Nachgeschmack?
«Die Vernunft ist das oberste Erkenntnisvermögen, das den Verstand kontrolliert und diesem Grenzen setzt bzw. dessen Beschränkungen erkennt.» So weit ein Teil der Definition. Schon das hier erwähnte «oberste Erkenntnisvermögen» erscheint mir fremd bis unerreichbar. Jedenfalls bin ich meiner Lebtage noch keinem Erdenmitbewohner begegnet, der mir beispielsweise am Tresen, also da, wo Alltag und Philosophie sich plaudernd treffen, eröffnete: «Mein oberstes Erkenntnisvermögen hat mir heute Morgen gemailt, dass ein Bier pro Tag ausreichend, wenn nicht gar schon eines zu viel ist.» Und wer bitte möchte sich ständig mit den Grenzen bzw. Beschränkungen seines

Verstandes konfrontieren und auseinandersetzen? Und den Verstand gar kontrollieren müssen? Weil der Verstand sonst womöglich im Stand wäre sich so zu verständigen, dass es eine Schand wäre – verstehen Sie?

Lebt nicht gerade der Reiz und Reichtum im Unvernünftigen? Die Vernunft an sich macht auf mich jedenfalls keinen sehr kreativen Eindruck. Nehmen wir die Liebe. Die Liebe ist verrückt, nicht vernünftig. Und gerade deshalb so schmetterlingsbunt und zum Vergehen schön. Nehmen wir die Kunst – gleich welche Sparte. Hat man da beispielsweise je gehört: «Sehr vernünftig, das Werk so zu gestalten»? Ist es nicht so, dass gerade das Unvernünftige, das, was unser oberstes Erkenntnisvermögen mitsamt dem Restverstand zu sprengen vermag, uns immer auch nach vorn gebracht hat? Horizonte eröffnete, Perspektiven auftat, Weiterentwicklung erst möglich machte? Und sind die Vernünftigen nicht auch die Faden?

Lassen wir uns kein X für ein U verkaufen. Sicher ist, dass man spätestens nach den fetten Feiertagen an unsere Vernunft appellieren wird. Eben wegen jener «zu viel», «zu lang», «zu üppig». Deshalb am Fest der Liebe vernünftig sein? Masshalten im Verrückt- und Ausgelassensein, das lasse ich gelten. Schenken Sie also ein, lassen Sie den Gaumen hochleben. Und sollte Ihre Vernunft noch nicht verreist sein, helfen Sie ihr, die Koffer packen. Es lebt sich entspannt ohne. Glauben Sie mir.

## ZH – BS einfach
## oder: «Immer mobil – SBB»

Auf der Trompete ist Martin nicht so gut, er hat Schwierigkeiten mit der Höhe. Zeitgleich hat auch Herr Steinreisser Schwierigkeiten. Sein Motorrad (Baujahr 95) ist in der Werkstatt und muss vorgeführt werden. Sein geseufztes «Herrje!» verrät, dass er sich ernsthafte Sorgen macht. Wir auch! Dafür hat Martin mit seiner Ventilposaune richtig Spass und spielt, zu unser aller Erstaunen, schon flüssig, fast virtuos. Er kann auch gut Flügelhorn blasen, das ist wahr. Es ist einzig die Trompete, die ihm nicht so liegt, obwohl er sich selbst nach wie vor als Trompeter bezeichnet. Es liegt am Mundstück – wir sind uns einig.

Herr Steinreisser hat offenbar doch noch Glück im Unglück. Bis Freitag könnte es eventuell klappen, dass er und sein Zweirad sich wiedersehen. Wir sind erleichtert, und er lächelt ein romantisches Lächeln. Martins Bandkollege freut sich auf sein Baby heute Abend. Ach ja, Mensch, das Baby! Das war uns jetzt grade gar nicht präsent. Wir freuen uns mit. Welches Glück!

Äxgüsi, wir waren abgelenkt. Kummer bereitet uns nämlich jetzt grade die junge Dame mit der rauchigen Stimme. Da laufen aber auch Sachen im Büro! Das geht so auf gar keinen Fall! Da sind wir uns schon wieder einig: Hier ist Handlungsbedarf mit Ausrufezeichen.

Derweil spielt Martin jetzt mal nur tiefe Töne. Klasse! Einfach klasse! Das ist es doch! Wir gratulieren zum Kauf dieser Ventilposaune. Denn das muss man sich mal reinziehen: Er hat just heute dieses goldige Stück erworben. Chapeau! Und abermals sind wir uns einig: Das war ein guter Kauf. Schlappe 400 Euro. Nee, also, da kann man nicht meckern. Wir meckern nicht. Fast möchten wir rufen: «Glückwunsch, Martin! Das war ein guter Kauf! Das ist dein Instrument!» Aber da ereilt uns die nächste Sorge: Wird es machbar sein, diese Ventilposaunensequenzen noch unterzubringen auf der gerade fertiggestellten Demo-CD? Wir bilden Diskussionsgruppen. Auf der Demo-CD befinden sich drei sehr repräsentative Songs. Toll wäre es natürlich, jetzt auch noch die Ventilposaune …

Aber Vorsicht! Hier muss genau geprüft werden, wo, wie und ob überhaupt. Es könnte natürlich gehen. Die Nachaufnahme jedoch müsste rasch über die Bühne. Lasst uns doch noch einmal … Ach, Mist! Zu spät! «Ladies and gentlemen, we are arriving at Basel.

This is the final destination. All passengers are kindly requested to leave the train. The SBB train crew thanks you and says goodbye.»

## Zufällige Geschichten oder:
## Dem Konjunktiv ein «Gott sei Dank»

Früher Abend. Mein Fahrrad fährt vom Bahnhof SBB der Tramlinie 1 entlang ins St.-Johann-Quartier. Auf dem Fahrrad sitze ich und lass mich nach Hause rollen. Meine «Gazelle» findet den Weg längst allein, nimmt mich jedoch ab und an mit. Mein Kopf hängt, müde vom Tag, mein Blick wandert gedankenverloren den Rinnstein entlang. Da entdecken meine Augen einen dieser weissen, rechteckigen Kaugummis, dann noch einen und noch einen … Erstaunlicherweise alle im gleichen Abstand zueinander von jeweils geschätzten zweieinhalb Pedaltritten. Und alle liegen in gleicher Richtung, waagrecht, die kurze Seite bündig zur Bordsteinkante, sodass sie zusammen von oben betrachtet einer Sprossenleiter ähneln. Wie es wohl zu diesem Rinnsteingebilde gekommen war? Vor meinem geistigen Auge entsteht spontan folgende Kurzszene: Ein junger Mensch kramt beidhändig, während er gleichmässig in die Pedale tritt, aus seiner Jackentasche ein Päckchen Kaugummi hervor, öffnet es, indem er mit dem linken Daumen zwischen das erste und das zweite Plättchen der prallgefüllten

Packung drückt und die rechte Hand zum Auffangen bereithält. Der Klebeverschluss öffnet sich, das weisse Gummiplättchen landet in seiner hohlen Rechten, die will es mit einer geschickten Wurfbewegung in den Mund befördern, es verfehlt das Ziel und landet stattdessen im Rinnstein. Daraufhin drückt der linke Daumen zwischen das zweite und das dritte Plättchen, die rechte fängt abermals das nun herausgedrückte zweite, will dieses in den geöffneten Mund werfen, verfehlt ihn erneut, und es landet ebenfalls im Rinnstein.

Gemäss der Anzahl Kaugummiplättchen im Rinnstein ist es jenem jungen Menschen erst beim fünften Versuch geglückt, Gummi kauend weiterzuradeln.

Meine Müdigkeit war verflogen, ich hob meinen Kopf. Ist doch gefährlich, halb träumend dahinzuradeln! Und höllengefährlich, freihändig radelnd mit Kaugummis zu werfen! Ebenso gut hätten diese Plättchen im Rinnstein auch strahlend weisse Schneidezähne sein können von einem jungen Menschen, der, während er in die Pedale trat, beidhändig etwas aus seiner Jackentasche kramte …

Wenig später hätte auf selbiger Strecke ein Fahrrad seinen Besitzer nach Hause gefahren, der gesenkten Hauptes den Blick gedankenverloren auf den Rinnstein gerichtet hätte, wobei seine Augen einen rechteckigen, weissen Schneidezahn entdeckt hätten und dann noch einen und noch einen …

## Zwei gegensätzlich geladene Pole

Frau Strom trat aus der Dose raus
und stand – zack! – in der Stube,
und zwar direkt neben Herrn Kraus.
Der presste aus 'ner Tube
die Farbe Blass auf die Palette,
denn Kraus ist Maler von Beruf
und malte grad die Silhouette
von einer Frau, wie Gott sie schuf.

Frau Strom war unbemerkt entkommen,
das heisst, Kraus merkte nix, er malte
und hatte drum nicht wahrgenommen,
dass neben ihm Frau Strom erstrahlte.

Sie dacht', es wär ihr Ebenbild,
was sie auf Leinwand vor sich sah,
und strich von Lieb' entbrannt und wild
dem Maler Kraus durchs lichte Haar.

Doch ach, herrje, er machte wumm,
so wie ein Kurzschluss meistens kracht.
Der Maler Kraus fiel polternd um
und ward umhüllt von ew'ger Nacht.
Frau Strom erschrak von diesem Knall
und fiel in untröstliche Trauer.

Im Radio hiess es: Stromausfall,
man wisse nicht, für welche Dauer.

## Bedienung bitte! –
## Ein Leben in Schwarz und Weiss

«Du siehst aus wie ein Pinguin!», bemerkt das etwa sechsjährige Mädchen und gluckst vor Vergnügen. Auch der korrekt in Schwarz und Weiss gekleidete Herr muss jetzt lachen. «Fühlst du dich auch so?», will das Mädchen noch wissen. «Ein bisschen», sagt der Herr mit einem halb verlegenen, halb verschmitzten Lächeln. Und ergänzt, mir zugewandt: «Als Kellner ist man vieles in einer Person. Diener, Psychologe, Verkäufer, Artist ...» Nicht alle freilich sind als Pinguin verkleidet, denn nicht jedes Restaurant gehört in die sogenannte «gehobene Gastronomie». Und selbst in der Kategorie «Achtung, nobel!» finden sich unterschiedliche «Pinguine». Solche mit Fliege, welche mit Krawatte, mit Jacke oder Weste, mit Schürze und ohne. Augenblicklich habe ich Lust, Polarforscherin zu werden und abzutauchen bis in die tiefen Gründe dieses Berufsstandes – die Kreditkarte stets griffbereit.

Ich beginne meine Forschungsreise in einem Restaurant, in dem mein Bargeld noch ausreicht. Die Preise moderat, die Atmosphäre gediegen. Als ich eintrete, ist bereits später Abend. Den Zeitpunkt habe ich bewusst gewählt, schliesslich möchte ich den Kellner nicht von seiner Arbeit abhalten. Nachdem die letzten Gäste gegangen und die Vorbereitungen für den nächsten Tag getroffen sind, setzt er sich zu mir. Nennen wir ihn Theo. «Ich wusste schon als Kind, dass dies einmal mein Beruf sein wird», sagt er und blickt dabei ebenso freundlich wie ernst. Er habe damals beobachtet, wie Servicepersonal Essen servierte und gleichzeitig eine Atmosphäre kreierte, die einfach nur schön gewesen sei. Ein paar Jahre später habe er das Hotelfach erlernt und seither überwiegend da gearbeitet, wo mehrere Sterne verheissungsvoll leuchten.

«32 Jahre bin ich jetzt im Service», resümiert er und fügt hinzu: «Ich bin schon alt, was?» Auch jetzt kein Lächeln in seinem Gesicht, sondern eher Gewissenhaftigkeit. «Fare mangiare la gente», sagt Theo, der zur Hälfte Italiener, zur Hälfte Spanier ist – das sei seine Motivation. Es mache ihn glücklich, wenn die Gäste viel und vor allem gut essen und trinken. Theo spricht mehrere Sprachen fliessend, wobei ihm das Nonverbale wichtiger erscheint. «Als Kellner musst du den Gast erfassen, sobald er eintritt, ihm gleichsam seine Wünsche von den Augen ablesen.» Wie nah man einem Gast kommen darf, wie verschwiegen und diskret man sich verhält, all das muss ein guter

Kellner, laut Theo, erspüren können und all das entscheide sich bereits am Eingang.

Ein grosses Gespür also allem voran. Ob das den Beruf nicht zum Frauenmétier mache? «Absolut nicht!» – die Antwort kommt prompt und bestimmt. Für Theo ist dieser Beruf schon immer ein Männerberuf gewesen. Er habe einmal in Deutschland in einem Sternehotel als einziger Mann mit zwölf Frauen gearbeitet. Das sei nicht angenehm gewesen. Apropos Frauen? «Ich habe es nie geschafft, ein normales Leben zu führen», sagt Theo jetzt, und mir wird klar, woher sein ernstes Gesicht rührt. Was er unter einem normalen Leben verstehe, frage ich nach. Eine Beziehung leben, ein Zuhause haben, nicht allein sein müssen. «In diesem Beruf arbeitest du die meiste Zeit. Es gibt keine klassischen Wochenenden.» Auch die Ferienplanung sei schwierig. Seine erste Partnerin fühlte sich vernachlässigt und war zudem eifersüchtig. Gerade der Kontakt zu den Menschen und deren Vielfalt sei aber das Interessante an seinem Beruf.

Sein ernstes Gesicht wirkt nun traurig. Möglicherweise ist er einfach nur müde, schliesslich ist es schon spät. «Müde macht», sagt er unvermittelt, als könne er meine Gedanken lesen, «dass du immer wieder von Neuem beginnen musst.» Einmal sei er nah dran gewesen am «normalen Leben», konnte in einer Firmenkantine von sieben Uhr morgens bis zwei

Uhr nachmittags einer geregelten Arbeit nachgehen. Zugunsten einer neuen Liebesbeziehung habe er diesen Job angenommen. Alles schien bestens. Zeit für Zweisamkeit ... doch dann musste diese Kantine schliessen, und er wurde arbeitslos. «Dieser Beruf, den ich so leidenschaftlich ausübe, hat eigentlich mein Leben ruiniert.»

Die Stühle waren längst hochgestellt, als ich ging, mein Enthusiasmus weiterzuforschen gedämpft. Sollte ich diese Expedition zugunsten meines Kontostandes nicht besser frühzeitig beenden? Die nächsten Stunden verbringe ich geschützt hinter dem Computer. «Kellner» kommt aus dem Lateinischen und bedeutet Kellermeister. «Ursprünglich war Kellner die Bezeichnung für den wirtschaftlichen Verwalter eines adeligen Gutes», erfahre ich via Bildschirm. Die Aufgaben eines heutigen Kellners seien ebenso vielfältig, heisst es, und: «Der Beruf des Kellners gehört zu den schlechtestbezahlten Ausbildungsberufen der Bundesrepublik Deutschland.»

Das möchte ich genauer wissen und treffe mich tags darauf noch einmal mit jenem Herrn, der Dank kindlicher Direktheit zum offiziellen Pinguin erklärt wurde. «Ein Beruf für Verrückte», spricht der, klopft mir dabei kumpelhaft auf die Schulter, als hätten wir bereits zwei Wochen gemeinsam am Südpol verbracht, und wirft gleich anschliessend verneinend seinen Kopf hin und her: «Man kann gut davon leben.

Wenn du in einem guten Haus arbeitest, dann reicht dir sogar das Trinkgeld zum Leben.» Klar gebe es Gastronomiebetriebe, die seit der Währungsreform nur zwischen acht und zehn Euro die Stunde bezahlen. Ein Verdienst unterhalb des Stundenlohns einer Putzfrau. Deshalb sei die Schweiz nicht nur unter Hotelfachleuten, sondern auch unter Quereinsteigern so beliebt. Hier werde der Beruf viel mehr geschätzt, und auch der «undiplomierte Servicemitarbeiter» habe hier eindeutig einen besseren Stand. Der Stundenlohn beginne bei 20 Franken, und je nach Qualifikation verdiene man bis zu 4500 Franken brutto im Monat. Hinzu kommt das Trinkgeld. Und auch hier besteht ein rechtes Gefälle. «Die Deutschen haben Angst um ihr Geld.», Er muss lachen, bevor er ergänzt: «Und wundern sich, wenn du dich wegen 20 Cent nicht höflich verneigst.» Das sei hier in der Schweiz ganz anders. Sicher, sparsame Menschen seien überall zu finden. «Satte Trinkgeldgeber sind Amerikaner und Engländer.»

Bevor Herr Pinguin weiterspringen muss, bemerkt er noch ganz zusammenhangslos, dass er sich in diesem Beruf als Athlet sieht. Ich verkneife mir ein Schmunzeln. Denn: Man sieht ihm den Athleten nicht gerade an. Wenn man ihn jedoch beim Kellnern beobachtet, versteht man ohne Zweifel, was er meint. Die Begegnung hat auch mich wieder geschmeidig gemacht, und beherzt setze ich meine Expedition fort.

Diesmal betrete ich ein Restaurant während der Pausenzeit, das heisst zwischen 14 und 17 Uhr. Der Kellner, den ich im Visier hatte, winkt ab. Interview, nein danke! «Kann kein Deutsch», grinst er, und er weiss, dass ich weiss, dass das geschwindelt ist. Als ich vergangenen Sommer auf der Terrasse Gast war und er meinen Tisch betreute, sprach er in sehr verständlichem Deutsch und erzählte mir ganz offenherzig und viel über seinen Berufsstand mitsamt den damit verbundenen Sorgen und Schwierigkeiten. An die genauen Worte erinnere ich mich nicht mehr. Schade.

Ob es mir passt oder nicht: Ich muss heute mit dem Chef des Hauses vorliebnehmen. Ein junger Mann und ein Gastronom durch und durch. Kein Wunder also, dass er immer wieder davon spricht, wie das ist, ein eigenes Restaurant zu führen. Dass dies schon immer sein Traum gewesen, er bereits seit fünfzehn Jahren selbständig sei, wie viele Weingüter er besucht habe und ob und inwieweit Restaurants Trends unterworfen sind – all das ist durchaus höchst interessant, ich jedoch interessiere mich für das Leben der Kellner. Er selbst habe Koch gelernt. Aber ob Koch oder Servicefachmann: Es seien beides ausserordentlich schöne Berufe. Sein Personal ist ganz in Schwarz gekleidet. Keine Pinguine also. Warum das? «Schwarz macht schlanker», lacht der junge Chef, «es wirkt weniger steif und ist unempfindlicher.»

Dann fällt das Wort «trendy». Ich muss grinsen und verbinde das Wort mit seinem Jahrgang: 1973. Andererseits betont er die klassische Seite seines Restaurants: Gedeckt wird ganz klar ganz in Weiss. «Das ist klassisch und ein Ausdruck von Hygiene.» Dennoch gehe es locker zu. Er habe sich immer in der Mitte ansiedeln wollen, nämlich zwischen einfacher und gehobener Gastronomie.

Was ein Kellner für ihn sei? «Ein Verkäufer – in erster Linie», lautet die spontane Antwort, und ich staune, dass er ganz freimütig ergänzt, dass ein Kellner unbedingt auch die Aufgabe habe, die Gäste zu manipulieren. «Natürlich muss ein Kellner auch Sympathie ausstrahlen. Aber was nützt Sympathie bei fehlendem fachlichem Können?» Er stelle nur Leute vom Hotelfach ein, und nach zwei Arbeitstagen auf Probe könne er genau sagen, ob einer für sein Restaurant als Teammitglied in Frage käme. Ob es einen Unterschied zwischen männlichem und weiblichem Servicepersonal gäbe? «Der Mann ist klassischer, eleganter; die Frau motivierter.» Stirnrunzeln meinerseits. «Frauen in diesem Beruf haben ein Glaubwürdigkeitsproblem. Sie werden nach wie vor fachlich unterschätzt und müssen sich mehr beweisen.»

Summa summarum sei es eine Art Lebensstil, Kellner zu sein, gewissermassen eine Gabe. Körperlich anstrengend fand er diesen Beruf nie. «Du bekommst viel zurück.» Zufriedenheit und Dankbarkeit der

Gäste seien schon toll, und das natürlich vor allem, wenn daraus Stammgäste würden. Das sei ein Geschenk und ein grosses Kompliment.

Ob ihm aufgefallen sei, dass jener Kellner, der heute kein Deutsch spricht, während unseres Gesprächs ohne die Füsse zu heben von Tisch zu Tisch geschlurft sei.

«Geschlürft?», fragt der Chef nach. «Geschlurft», berichtige ich und erkläre kurz das Wort. «Ah ja?» Nein, das sei ihm nicht aufgefallen. So bewege er sich wohl nur jetzt im menschenleeren Restaurant. Klar, Füsse werden schliesslich auch müde. Und hatte er nicht vorhin gesagt, ein Kellner müsse seinen Beruf leben? In der Pause ist das Heben der Füsse sicherlich ebenso fakultativ wie das Tragen einer schwarzen Schürze während der Arbeitszeit.

Ich bedanke mich herzlich und schlurfe hinaus. In zwei meiner als Nächstes anvisierten Lokalitäten habe ich trotz Voranmeldung und Vorzeigen meines Presseausweises keine Chance. Dabei wäre die eine geradezu prädestiniert gewesen, denn darin scheint die Hochburg der Pinguine zu sein. Auf relativ kleiner Fläche wuseln mehr als fünf klassische Schwarz-Weiss-Kellner an und um Tische. Nur Einfangen und Befragen geht nicht. Dafür ist hier kein Platz. Ich hätte es wissen müssen, denn draussen auf der Tafel steht zwischen den Zeilen: «Vorsicht: Sehr nobel».

Zu schade! Grade hier hätte ich mich gern zwischen das Silber gesetzt, um ganz im humoristischen Stile Loriots altmodisch «Herr Ober!» zu rufen. Auch die andere Lokalität kann man nicht einfach betreten und mal eben drauflosfragen. Vermutlich müsste ich hier vorher auch ein Ticket lösen und angeben, ob ich «erste oder zweite Klasse fahren» möchte. Halbtax? Zählt hier nicht. Meine Kreditkarte kichert zufrieden. Seis drum. Immerhin hab ich jetzt schwarz auf weiss, dass die Bezeichnung «Kellner» veraltet ist. Und, wenns erlaubt ist, kann ich Ihnen eines mit auf den Weg zu Ihrem nächsten Diner geben: Sollte der Servicefachmann schlurfen, denken Sie daran, dass Pinguine nicht fliegen können.

## Wann?

Irgendwann werden wir uns
nicht mehr, sondern
nicht mehr kennen.
Werden sein wie nie
gewesen
unverwandt und unbekannt.

Irgendwann werden wir uns
an das Vorher nicht mehr
erinnern, als wir das Nach-
her erahnen.

Fremd wurden wir bekannt
kennend uns fremd
befremdlich
irgendwann.

## Herbststurm

Wie zwei zerfetzte Fahnen
so flattern wir im Wind
nackt, haltlos und verletzlich
wie Neugeborne sind.
Die meine Hand in deiner
und plötzlich wird viel kleiner
was sich der Geist erspinnt.

Zwei hoffnungsfrohe Kämpfer
gegen den Rest der Welt
voll Leidenschaft die Herzen
die Taschen ohne Geld.

Mein Lieb, komm, lass uns tragen
von Winden, die uns jagen
bis unser Sinn zerschellt.

So viel ist glatt gelogen
auf diesem Erdenball
die Echtheit, diese rare
hat längst schon einen Knall.

Halt fest in beiden Händen
ob wir uns wiederfänden
weiss man in keinem Fall.

## Der Bildungsrucksack

Unsere Gesellschaft baut auf Wissen. Gut. Wissen ist Macht. Ein alter Hut. Wobei der Hut umgenäht wurde zum Sack, den man neuerdings gefälligst gut sichtbar auf dem Rücken zu tragen hat. Ja. Genau. Dieses speckige Etwas, das vollgefüllt bei unbedachtem Sichbewegen mit einem Ruck ganze Regale abzuräumen imstande ist. Es sei denn, man hätte hinten Augen. (Die Forschung arbeitet sicher daran, vorausgesetzt, jemand hat das Zeug, respektive den Rucksack dazu.)
Worüber ich mich hier echauffiere, ist der in allen Köpfen hängende, in allen Mündern durchgekaute Bildungsrucksack. Entschuldigung! Was ist das denn nun wieder für ein Accessoire?
Biste was, haste was? Biste wer, kannste wem? Oder wie? Und was genau muss per definitionem darin enthalten sein? Scheine? Fachfötzel? Nachweise? Urkunden? Schön gestempelt, sauber eingemappt zum Vorzeigen? Je voller, je toller? Und mit all den Vorzeigepapieren, die hineingestopft in jenen ominösen Rucksack ihrer Vergilbtheit entgegenknittern, soll uns dann Tür und Tor offen stehn? Kompliment!

Und wer bitte wirft gelegentlich auch mal ein Auge auf den durch Tür und Tor Schreitenden? Also auf den Träger?! (Sofern überhaupt einer vorhanden.) Über Rucksäcke kann man lange und geduldig schreiben, aber wenn Herr Niemand ihn umschnallen will, dann geht doch da nur ein Rucksack durchs Land, oder? Was nützt ein Akademikergrad, wenn kein Mensch vorhanden ist, der ihn bekleiden könnte?

Was haben wir vor Jahren gegen die «Fachidiotenwelt» gewettert. Und wie wenig haben wir daraus gelernt. Hier noch ne Ausbildung, ne Fortbildung, Weiterbildung, Einbildung … und fertig ist der Rucksack, der uns im öffentlichen Verkehr mit seiner Prallheit rücksichtslos zu Boden wirft.

Wir sollten nicht besserwissen, sondern wissen, was wirklich eine Gesellschaft bildet. Und wir sollten uns ganz konservativ wieder in den alten Lederkoffer mit den schönen Schnallen vergucken. Dann hätte auch all das wieder Platz, was der Grossvater noch wusste.

## Ich rege mich auf!

Das Wort Führerschein zählt nicht zu meinen Lieblingsworten, was daran liegen mag, dass irgendjemand mal den Witz kreiert hat, dessen Inhalt besagt: Vor mehr als sechzig Jahren habe ein Österreicher in Deutschland seinen Führerschein gemacht. Soweit bekannt ist, hat er nie einen Strafzettel kassiert. Falsch geparkt hatte er offenbar auch nie, und wer wollte ihm je überhöhte Geschwindigkeit nachweisen?! Dieser Führer hatte einen ganz besonderen Schein. Eine Lizenz gewissermassen. Da war ein totgefahrenes Reh auf der Landstrasse eine Lappalie dagegen.

Ich habe auch einen Führerschein, der mich jedoch noch lange nicht berechtigt, Angst und Schrecken über die Menschheit zu verbreiten, sondern lediglich dazu, einen Kraftwagen zu steuern, in dem Personen sitzen können.

Im Schweizerland wird der Schein zum Ausweis. Die Berechtigung bleibt die gleiche. Meinen hat man mir jetzt weggenommen. Man hätte ihn mir schon lange wegnehmen müssen, erfahre ich beim Amt mit dem klingenden Namen: Motorfahrzeugkontrolle. Denn ein Ausländer, der sich länger als ein Jahr in diesem Land aufhält, benötigt einen ausländischen Führerausweis. Meiner Logik nach bin ich bereits im Besitz eines solchen gewesen. Mein im deutschen Ausland erworbener Führerschein war nicht nur zum Vergehen nostalgisch-schön und geradezu antik, sondern mir in den vergangenen dreiundzwanzig Jahren regelrecht ans Herz gewachsen. Ein grauer Lappen, auf dessen Innenseite ich mir siebzehnjährig entgegenlache. 1985 im Freistaat Bayern ausgestellt. Irgendwann aus Versehen in der Waschmaschine mitgewaschen, weil vergessen wurde, die Jeanshosentaschen auf Inhalte zu überprüfen. In all den Jahren wurde ich vielleicht zwei-, dreimal aufgefordert, ihn vorzuweisen, was mich beinah beleidigte, wo ich doch so stolz war auf das Teil.

Und nun ist er weg, und keiner kümmert sich um meine blutende Seele. Die Frau von der Motorfahrzeugkontrolle nahm ihn ungerührt entgegen. Ich werde ihn nie wiedersehen! Er fahre nach Flensburg, meinte die nette Frau. Flensburg. Der Ort, an dem man Punkte sammeln kann. «Kumulieren Sie mindestens 500 Punkte, legen Sie Ihre Flensburg-Cumulus-Card vor, und Sie erhalten Ihren alten Ausweis zurück.» Ich wollte sofort lossammeln. Zum Beispiel, indem ich mir kurz den Autoschlüssel der netten Dame geben lasse, ihr Auto mal eben gemäss «Frauen können nicht einparken» rückwärts in eine Lücke ramme ... So enttäuscht bin ich gewesen! Neben dem Schmerz in der Brust hat mich dieser Umtausch einiges gekostet. Den Sehtest, die neuen Passbilder, den Umtausch selbst. Warum ich so lange gewartet hätte? Das würde eigentlich Strafe kosten. Ich hab kein Auto, antwortete ich als Erklärung. Ich fahr Fahrrad. Ach so. Ja aber, ich müsse Fahrpraxis nachweisen. Gut, ich könnte Europcar bitten, mir eine Aufstellung zu schicken mit all den Zeiten, in denen ich ein Fahrzeug gemietet hätte. Haben Sie keine Bekannte, die Ihnen bestätigen kann, dass Sie alle zwei Wochen ihr Auto bewegt haben? Alle zwei Wochen?!?

Vor Jahren interessierte ich mich mal für die Fliegerei, war wild entschlossen, einen Pilotenschein zu machen. Hatte Kontakt zu diversen Privatfliegern und zur Genüge erfahren, dass der Nachweis der jährlichen Pflichtflugstunden das Teuerste am ganzen Pilotenhokuspokus sei. Viele setzten deshalb einmal im Jahr nach Amerika über, machten dort vier bis sechs Wochen Urlaub und flogen, was das Zeug hielt. In Amerika wars erschwinglich, und so hatten sie rasch ihr Jahrespensum erfüllt. Flugpraxis nachweisen zu müssen, halte ich für sinnvoll. Auf Himmelsstrassen gelten völlig andere Regeln, und keiner möchte schliesslich als toter Vogel enden. Aber eine Fahrpraxis für einen stinknormalen Pkw? Und dann alle zwei Wochen! Das scheint mir überrissen, tut mir leid. Das Fahrradfahren – einmal gelernt – verlernt man doch auch nicht mehr.

Gut. Nehmen wir an, ich wäre in Tobohumba aufgewachsen und hätte dort die Fortbewegungserlaubnis für Elefanten erworben. Wäre regelmässig mindestens alle zwei Wochen einmal von Tobohumba nach Mumbakonga geritten, besässe somit also eine nachweislich sichere Elefantenpraxis – ich könnte dennoch gut verstehen, dass man sicherheitshalber mal eben prüfen wolle, ob ich denn auch das Schweizer Verkehrswesen zu erfassen in der Lage sei.

Den Unterschied zwischen deutschen und Schweizer Strassen, inklusive ihrer Regeln, halte ich allerdings für schwindend klein. Man müsse es halt prüfen, wiederholte die Schalterfrau, es sei denn, ich könne eine Bestätigung vorlegen. Klar. Irgendwer wird mir solch ein Schreiben schon aufsetzen, aber ganz der Realität entspräche es nicht. Das habe in ihren Ohren nichts zu suchen. Ich hatte verstanden. Notlügen sind okay. Ich werde also in den nächsten Tagen einen kreditkartenähnlichen, hässlich modernen Fahrausweis erhalten mit einem Schnellschussfoto drauf und dem Wissen, dass, sollte ich in ein paar Jahren wieder in die Heimat ziehen, das ganze Umtauschgedöns von vorn losgeht.

In England, Italien, Österreich – selbst in Polen (!) hätte ich fröhlich mit meinem alten Lappen weiterleben dürfen. Tja, die Schweiz ist eben nicht Europa.

## Von Sonnen, die gern untergehen

Etwas wechseln zu dürfen, tut ab und an richtig gut. Ein Perspektivenwechsel beispielsweise. Er kann schlagartig eine ganze Situation oder Empfindung in neue Farben tauchen. Manchmal tut ein Wechsel auch regelrecht not. Ein Unterhosenwechsel zum Beispiel. Passiver sind Jahreswechsel. Da wird einfach gewechselt, und wir müssen durch. Wechselgeld ist nützlich, ein Partnerwechsel zuweilen erfrischend. Es ist durchaus möglich, die politische Seite zu wechseln oder den Kopf der Zahnbürste. Bei einem Wechsel jedoch ist Vorsicht geboten: dem Wechsel des Telekommunikationsanbieters. Denn da wollen uns auf Gewinn getrimmte Verkaufsmaschinen weismachen, die Schritte zum Anbieterwechsel seien einfach, problemlos und obendrein geldsparend. Meine Bekannte hat das geglaubt. Warum auch nicht, es hätte ja wahr sein können. Wer möchte schon frühzeitig einen Sonnenuntergang vorhersagen, wenn grade Strahlewetter herrscht. Es würden nur die Gerätschaften gewechselt, dann bräuchte man lediglich einstecken – und hurra! Was von da an jedoch tatsächlich seinen unheilvollen Lauf nahm, gleicht einem Comicstrip. Stecker und Gerät konnten nicht miteinander, alle Telefone des Hauses klingelten gleichzeitig, der Anrufbeantworter hatte seinen Dienst quittiert, das Internet war für Tage zur fernen Insel geworden, und bald darauf schien ein «Rien ne va plus» über allem zu blinken. Meine Bekannte kochte.

Der Elektriker erschien. Stundenlanges Basteln. Mehrfache Rücksprachen mit der Hotline des Problemlos-einfach-günstig-Anbieters. Jedes Mal aufs Neue das «Drücken Sie die 1» (… die 3, die Raute- bis zur Leck-mich-doch-am-Buckel-Taste) und jedes Mal ein anderer an der heissen Linie. Ergo: jedes Mal mit der ganzen leidigen Geschichte von vorn beginnen. Meine Bekannte schäumte. Drohte, alles wieder rückgängig zu machen. Da schoss ein Hotlineheld förmlich den Vogel ab. Es sei eben heutzutage nichts mehr sicher, meinte der. Denken Sie nur an Haiti, fuhr er ungerührt fort, oder wenn ein Zug Verspätung hat. Manchmal könne man eben nichts machen.

Würde die Sonne ihren täglichen Aufgang ebenso unprofessionell gestalten, könnten Sie das elektrische Licht gleich angeknipst lassen – vorausgesetzt, Sie beziehen Ihren Strom nicht von irgendeinem privaten Billiganbieter. In letzterem Fall bliebe es nämlich dann zappenduster.

## An Ringelnatz

Es zwitschert gar nichts im Kamin
Ich habe lang gelauscht
Es sitzt auch keine Lerche drin
Nein, nur die Heizung rauscht.

Auch wirft die Decke keine Falten
Egal, wie ich sie dreh' und wend'
Und irgendwie bleibts wohl beim Alten
Und irgendwie nimmt nichts ein End'.

Noch heute schiesst so mancher Posten
Ganz gleich, ob man entflieht, ob nicht
Und kein Gefängnis wird je rosten
Der Sträfling verliert sein Gesicht.

Was nützt der Duft im Holz, Gebirge?
Was eine zarte Streichelhand?
Wenn täglich ich an Bildern würge
Die quälen mich aus fernem Land.

Die Speise bleibt im Halse stecken
Von all dem Irrsinn dieser Welt.
Ach, Ringelnatz! 's ist zum Verrecken
Die grösste Sorge bleibt das Geld.

## Melancholisches Zwischenspiel
*(Zu singen mit hauchig-zarter Kinderstimme)*

Ein Regentropfen wie ein Pfeil so spitz
traf mich auf meiner Nase – ohne Witz.
Ich wär darauf beinah vom Rad gefallen
hörte den Tropfen noch «Verzeihung!» lallen.
Dann macht es pling und er fiel in die Pfütz
der Regentropfen wie ein Pfeil so spitz.

## Besuch der fünf

Gestern, ich bin gerade beim Abwasch gewesen, klingelte es an meiner Tür.
Ich trocknete meine Hände, öffnete und vor mir stand ein B. «Bitte», sagte es sogleich ohne einen Gruss, «kann ich bei dir Unterschlupf kriegen?» Auf seine zwei Bäuche blickend, dachte ich daran, wie eisern ich seit Wochen Tag für Tag im Park meine Runden mache und wie ich mich darüber hinaus täglich und schon früh am Morgen biege und breche, damit mein Bauchnabel nicht auf die Idee kommt, vorwitzig über den Gürtelrand zu blicken.

«Ich schenke dir Geborgenheit», durchbrach das B meine Gedanken. Ich fühlte mich gehetzt, hatte keine Zeit, so viel galt es noch zu erledigen – an diesem Tag. «Na», sagte ich lächelnd, «die werden ja nicht ansteckend sein», und klopfte sacht auf die beiden prallen Ausstülpungen des Buchstabens. «Also, rein hier!», sagte ich noch, ohne recht zu wissen, was mich zu der Einladung bewog. Das B trat ein und nahm gegenüber dem Abwaschbecken auf dem Küchentisch Platz.

Ich begann weiter Teller und Tassen abzuwaschen, als es abermals an der Tür klingelte. Ich trocknete meine Hände, öffnete, und vor mir standen zwei E, die sich auf groteske Weise untergehakt hatten wie zwei alte Tanten. «Bitte», sagten sie wie aus einem Buchstaben, «können wir bei dir Unterschlupf kriegen?» Ich machte mir die Mühe, vor die Türe zu treten, um das Klingelschild zu überprüfen. Ich vermutete eine seelsorgerische Überschrift, aber da stand nur mein Name – ganz gewöhnlich, ganz vertraut – wie immer.

«Wir schenken dir Gemeinsamkeit», hörte ich sie sagen, während ich tief durchatmete. Ohne zu überlegen, machte ich eine einladende Geste, und die beiden traten ein. Ich machte mich weiter an den Abwasch. Besteck, Topfdeckel … Auf dem Küchentisch hatten die beiden E das kleine dicke B zärtlich zwischen sich genommen. Und gerade als ich einen Topf zu Wasser lassen wollte, klingelte es erneut. Hände trocknen. Öffnen. Fast schon Ritual. Diesmal war es ein L, das ich vor der Tür vorfand. Es war enorm erkältet und sichtbar nicht bei bester Gesundheit. «Du kommst, weil du bei mir Unterschlupf suchst?», fragte ich drauflos. Das L hustete, was so viel wie «Ja» bedeuten sollte. «Hast du auch ein Geschenk?» – «Leidenschaft», hüstelte es. «Na, das passt, dachte ich und liess es eintreten. Töpfe, Pfannen und zwei verstaubte Vasen waren noch zu säubern.

Die Buchstaben hockten schweigend auf dem Küchentisch. Das L sass etwas abseits von den anderen – um sie nicht anzustecken, nahm ich an.

Da. Mitten ins Finale meiner Arbeit ertönte abermals die Glocke, und darüber hinaus vernahm ich ein Gezeter, ein Geschubse, ein Poltern und Toben vor meiner Tür. Also: Hände trocknen. Nachsehen. Als ich öffnete, stand unbeschwert und fröhlich ein Strich vor mir, auf dessen oberem Ende ein lustiger Punkt auf und nieder hopste und mich unwillkürlich zum Lachen brachte (während im Hintergrund ein N zuerst taumelte, dann den Halt verlor und schliesslich zickzack die Treppe hinunterfiel). Ohne davon bewusst Notiz zu nehmen, liess ich wortlos das i eintreten und auf dem Küchentisch, direkt in der Lücke, Platz nehmen.

Und nachdem ich den Stöpsel im Abwaschbecken gezogen hatte und sich die letzte Schaumkrone tanzend und drehend gen Abfluss bewegte, drehte ich mich zum Küchentisch um, blickte auf meinen Besuch und wurde mir zum ersten Mal so richtig bewusst, was mir seit langer Zeit fehlte.

Ich zog Schuhe und Mantel über und ging ins Kino.

## Kugelrunde Philosophen

Dass die Hummel nicht fliegen kann, weiss längst jedes Kind. Dass sie es trotzdem tut, erleben wir jedes Jahr aufs Neue. Gestern, pünktlich auf den lang ersehnten warmen Tag, verflog sich eine auf meinen Balkon. «Mehr links!» – «Höher!» – «Nein! Andere Richtung!», hörte ich mich rufen. Ich wollte nicht, dass sich die kleine dicke Kugel etwas zuleide tut, und ernannte mich zum Kopiloten. Wo hat die aber auch ihren Flugschein gemacht?! Hummeln wirken in ihrer luftigen Unbeholfenheit immer ein bisschen wie angetrunken. Mir sind die braunschwarzen Blütenstaubsammler weit sympathischer als diese aggressiven Wespen, deren Kostümierung einen allein schon in Angst und Schrecken versetzt. Und die es ja genau genommen nur auf die Marmelade auf unserem Brot und auf die Möglichkeit zuzustechen abgesehen haben. Die Hummel sticht nicht. Sie ist froh, wenn sie einigermassen Kurs halten kann und die Blüten ob ihrer Last nicht gleich dutzendweise vom Stängel kippen. Ihr Brummen stimmt mich milde und ihre unfreiwillige Komik heiter. Für mich sind diese fliegenden Pelzchen wahre Philosophen.

«Versuch das Unmögliche!», hummeln sie mir zu und: «Scheitere mit einem Lächeln!»

Einmal hatte eine zu viele Pollen geladen und vermochte nicht mehr abzuheben. Sie nahms gelassen, nutzte die Gelegenheit, um sich zu putzen, und wartete erst einmal ab. Mir war, als brummelte sie was von «Man muss auch mal Pause machen können». Ich war beeindruckt und weiss seitdem: Von uns zweien ist die kleine Hummel der grössere Lebenskünstler.

## Eisblumen am Fenster

Es ist Oktober, das Jahr nicht verloren.
«Noch nicht», sagst du, und du legst dich zur Ruh.
Ich sitz in der Stube und in meinen Ohren
die Zeiger der Uhr und dein Atem dazu.

Die Kerzen knistern, es knirschen die Zähne
es zieht der Mond leise übers Dach.
Ich spitz den Bleistift, und während ich gähne
frag ich mich, was ich zum Teufel hier mach.

Tief ist die Nacht und nur manchmal ein Dröhnen
eines Motors, der den Heimweg noch sucht.
Ich hör dich in deinem Schlaf sachte stöhnen
und habe schon dreimal die Feinde verflucht.

In deine Locken leg ich mich und träume
von Winden im Haar und geröstetem Brot.
Du küsst mich, empfängst mich und öffnest mir Räume
die hell sind, und machst mir die Wangen rot.

Am Morgen sagst du, es sei jetzt schon Winter
die Blumen erfroren, dein Herz voller Eis.
Ich schau aus dem Fenster und sehe dahinter
ein Mensch rennt zur Bahn, eine Katze im Kreis.

Wie zwei, die sich kennen und lieben und hassen
die Uhr tickt den Ausgang im Gleichklang dazu.
Wir können doch jetzt voneinander nicht lassen
denn da wo ein ICH ist, ist doch auch ein DU.

Es rauscht das Abwasser durch alternde Röhren
ein Mensch kocht Kaffee – als wär gar nichts los.
Der Nebel liegt dicht und schwer in den Föhren
Und schwer liegt mein Kopf noch in deinem Schoss.

**Warten**

warten
ist noch nicht
erwarten
erhoffen auch nicht
hoffen vielleicht
aber offen
nicht betroffen
nur besoffen
ein wenig
vom Warten
im Regen

## Frösche an der Wand

Mag sein, dass dieses Gefühl schon viel länger in mir schlummerte. Aber so richtig hoch kam es erst durch die Sache mit der Baustelle.

Es war an einem Freitag. Ich hatte ausnahmsweise schon um zwei Feierabend. Der Wind war angenehm frisch an diesem Freitag, so, wie sich das für einen echten Februar gehört. Ich war deshalb zu Fuss gegangen und fühlte mich wie der Wind: frisch und knackig. Hüpfend, die Kälte auf meinen Wangen, versuchte ich – zwei links, zwei rechts – meinen Atem in der Luft zu erhaschen, und war gerade wieder das kleine Mädchen mit den kupferroten Zöpfen geworden, als ich um ein Haar gegen die Absperrung dieser unseligen Baustelle knallte. Meine Ausgelassenheit und gute Laune fiel glatt ungebremst in den Graben, der sich vor mir auftat. Und ebenso abrupt und ungebremst war ich wieder Jutta, siebenunddreissig Jahre alt, ledig, keine Kinder. Das allein hätte sicher noch keine Auswirkungen auf mein bevorstehendes Wochenende gehabt. Aber wie Kleist schon wusste: «Jedwedes Übel ist ein Zwilling.»

Ich hatte mich also gerade noch selbst abgefangen,

war, nach einem raschen Blick in den Graben, rechts der Absperrung entlang weitergegangen und wollte eben zum Sprung ansetzen, als ich plötzlich ein kleines, orangefarben gekleidetes Grüppchen vor mir sah, das mich mitleidig betrachtete. «Signora, possiamo ajutarla?» Eh ich antworten oder recht verstehen konnte, was die besorgten Italiener meinten, hatte einer von ihnen bereits ein Brett über den Graben gelegt, sodass ich nun vor mir eine Art Brücke hatte. Ich stand wie angewurzelt und lächelte gequält, woraufhin ein dreitagebärtiger Bauarbeiter auf mich zuging, mich unvermittelt unterhakte und mir auf die andere Seite half. Ich war zu verblüfft, um abwehren oder überhaupt nur in irgendeiner Form reagieren zu können. Gedanken der Dankbarkeit waren mir erst gar nicht in den Sinn gekommen. Es war alles so schnell gegangen. Und dann diese beklemmende Stille. Kein Pfeifen, kein «Ciao, bella!», kein Versuch einer Kurzkonversation auf sexueller Ebene. Wo war es hin, das Klischee der hintern- und busenfixierten Strassenarbeiter? Was war los mit den Luigis, Paolos und Giuseppes, die jede passable Passantin schon als Sahneschnitte auf ihrem Dessertteller sah'n? Hatte die Lust unter den Bauarbeitern nachgelassen? Oder sollte ich …?

Ich kam an ihrem Bauwagen vorbei, aus dem es nach Kaffee, heissen Würstchen und verbranntem Gummi roch. Wenigstens das ist noch wie eh und je, dachte

ich. Das letzte Stück nach Hause lief ich mechanisch, so, als spule sich ein altbekanntes Programm ab.
Dumpf war mir zumute.
Der Briefkasten gähnte mir entgegen und beherbergte lediglich einen unbeholfenen Zettel, auf dem die Eröffnung des mindestens dritten Thai-Take-aways dieses Viertels bekannt gegeben wurde.
In meiner Wohnung angekommen, liess ich mir ein Bad ein. Während das Wasser in die Wanne lief und sich Schaumkronen zu bilden begannen, betrachtete ich meinen nackten Körper im Spiegel. Ja, er hatte in den letzten Jahren ein paar Beulen abbekommen, und mein Gesicht spiegelte deutlich die Schrammen auf meiner Seele wider. Aber war das ein triftiger Grund dieser Frau, die mir im Spiegel gegenüberstand, über einen Graben zu helfen? Und mit einem Mal beschlich mich dieses Gefühl, das mich ganz matt werden liess, und ich hörte mich sagen: «Jutta, jetzt wirst du wohl langsam alt! Und wenn du ehrlich zu dir bist, sind sie längst rar geworden, die Hinterherpfeifer und ‹Na, Süsse!›-Rufer!»
Bislang hatte ich mir nie wirklich Gedanken oder gar Sorgen gemacht. Weder über mein Singledasein noch über mein Älterwerden. Doch heute in der heissen Wanne sitzend, den Körper unterm Schaumteppich sicher geborgen, dachte ich nach.
Ich war sehr beschäftigt gewesen in den vergangenen Monaten, war fast täglich von einem Termin zum

nächsten gehetzt. Vielleicht also hatte ich all die Pfiffe und Komplimente, die man für gewöhnlich auf der Strasse nachgeworfen bekommt, schlicht überhört, war zu sehr in Eile, zu sehr mit mir beschäftigt gewesen. Möglich wäre es auf jeden Fall.

Sicher, jede Menge Zeit ist vergangen, seit Mama mir mein rotes Haar zu Zöpfen band und ich vor Freude losheulte, als ich zur Weihnacht den Roller unterm Baum entdeckte. Zöpfe stehen mir einfach nicht mehr, aber ich heule noch heute los, wenn mich was ganz doll freut. Natürlich vergeht die Zeit, natürlich verändern sich gewisse Dinge. Aber ganz gleich, wie alt ich auch werde, ich bleibe das Mädchen mit den kupferroten Zöpfen und seh die Welt mit seinen Augen. Wenn Jutta also im Innern noch ein Kind ist, dann gibt es nicht wirklich ein Älterwerden, sondern nur ein Sichverändern.

Erleichtert über diese Erkenntnis, atmete ich tief durch und begann mich einzuseifen. Während ich mir über die Brüste strich, dachte ich: «Und Jutta und die Männer?» Fürwahr ein trauriges Kapitel, durch und durch vernachlässigt und im Singlealltag fast schon in Vergessenheit geraten. Ich lehnte mich zurück und versuchte mich zu erinnern. Wer hatte sich in den letzten Jahren in mich verliebt?

Da war Hannes, neun Jahre jünger als ich und zum Anbeissen süss. Wir sind um drei Ecken miteinander verwandt und trafen uns hin und wieder auf Familienfeiern. Er verliebte sich bis über beide Ohren, und als ich abblockte, weil ich mich vor Familiendiskussionen fürchtete, flüsterte er mir zu: «Wir schreiben uns mal und sehen dann weiter.» – «Was sollen wir uns denn schreiben?», hatte ich damals gefragt, weil ich die ganze Unternehmung sinnlos fand.

Und er antwortete: «Ich schreibe den ersten Brief, und wenn dir nichts einfällt, kannst du ihn ja abschreiben.» So war Hannes. Wir haben uns nie wiedergesehen. Dann gab es Fred. Fred, der Spinner und Träumer. Mit ihm konnte ich lachen und die Welt neu erfinden. Und Fred liebte mich mehr, als ich ihn lieben konnte. Und zum Beweis seiner Liebe schenkte er mir ständig irgendwelche Plüschtiere. Als er mir schliesslich zu Ostern eine Ente aus Plüsch schenkte, verliess ich ihn. Und seit der Geschichte mit Rudi vor drei Jahren hab ich keinen Mann mehr mit in die Wohnung genommen. Rudi war homosexuell, und wenn es zwischen ihm und Klaus Krach gab, kam er zu mir. Meistens sassen wir in Decken gehüllt auf dem Fussboden, tranken Unmengen Rotwein und philosophierten über die Liebe. Der schwermütige Rudi und ich. Uns verband eine tiefe Zärtlichkeit. Eines Tages hat er sich einfach erschossen.

Und heute? Warte ich womöglich auf den Prinzen, der vor meinem Fenster vorbeireitet, das kupferrote Mädchen in mir entdeckt und mich fest in die Arme schliesst.

Ich muss über meinen Erinnerungen wohl in der Badewanne eingeschlafen sein.

Jedenfalls war das Wasser ganz kalt geworden, als es an der Tür energisch klingelte. Ein wenig benommen stieg ich aus der Wanne, schlang mir ein Handtuch um und ging zur Tür. «Sag mal, Jutta, bist du taub? Ich klingle hier schon mindestens fünf Minuten!», begrüsste mich Lotte. «Wir wollten doch los. Ich hab mir schon Sorgen gemacht!» – «Ja, ja», sagte ich und sah sie nachdenklich an. «Is was?», fragte Lotte, die sich aufgrund meines Blickes keinen Schritt weiter traute.

«Sag mal, Lotte», sagte ich ernst, «hat dir ein Bauarbeiter schon mal ein Brett über nen Graben gelegt?» – «Was ist los?» – «Ich meine», setzte ich noch einmal an, «bin ich noch attraktiv für die Männerwelt?» – Ich finde, ja, aber was zählt das schon?», gab Lotte zurück. «Warum hat sich dann seit drei Jahren kein Mann mehr in mich verliebt?» – «Sie verlieben sich ja. Du merkst es bloss nicht. Du nimmst sie nicht wahr, weil sie keine goldene Krone auf dem Kopf tragen!» Lotte sagte die Dinge immer so, wie sie sie empfand. «Dir kann nur ein Prinz genügen», fuhr sie fort, «aber selbst wenn einer käme, spätestens beim Anblick deiner Wohnung nähme er sofort wieder Reissaus!» – «Warum?», fragte ich ein wenig heiser. «Na, sieh dich doch um: Bei dir kleben viel zu viele Frösche an der Wand.»

## Ich habe – also schmeiss ich
## Ich möchte – also schlepp ich

Der Tag davor ist ereignisreicher als die Aktion am Tag selbst. Denn die heisst nüchtern: Sperrmüll. Diesmal datiert auf den 29. Juli. Anfang April gab es bereits eine solche Gratisaktion der Stadt Basel, die gleich darauf bitter bereut wurde. Basel befand sich aufgrund dessen nämlich mit einem Mal im Ausnahmezustand. Ganze Strassen waren nicht mehr befahrbar. Quartiere zugemüllt. Die Zeitungen zwei Tage voll davon. «Ich schäme mich für alle!», hörte ich eine junge Mutter, die sich womöglich gleichzeitig an ihre pädagogischen Grenzen gebracht sah. Wie sollte man seinen Kindern auch diesen gettoähnlichen Zustand erklären, der sozusagen über Nacht die Stadt befallen und die Arbeiter der Stadtreinigung an den Rand ihrer Kräfte gebracht hatte? Wo um alles in der Welt hatte all das vorher sein Dasein gefristet, was nun vor Häusern ausgebreitet, kaputtgewühlt und gänzlich unbrauchbar die Gehwege belagerte? Wirkte das rot gedruckte «Gratis» vor der Ankündigung «Sperrgutabfuhr» etwa als geheimes Codewort, das die Schleusen sämtlicher Keller und Dachböden zu öffnen vermochte, in denen jahrzehntelang Vergessengegangenes plötzlich in Bewegung kam? An jenem 8. April hatte man das Gefühl, die Bewohner Basels hätten sich von allem befreit, was ihr Leben bis dahin materiell beschwert hatte. Als tags darauf die Spuren dieser Privathaushaltsgrundreinigung beseitigt waren, atmeten alle Strassen, Gassen und Winkel auf wie nach der berühmten aristotelischen Katharsis: Der Bürger hatte sich übergeben, die Menschen hinter der «Hilf mit für e suuberi Stadt»-Parole hatten es weggewischt. Schon Max Liebermann meinte, man könne gar nicht so viel essen, wie man kotzen möchte. Spätestens nach dieser zweiten Gratis-Sperrgutabfuhr wird klar: Liebermanns Satz hätte lauten müssen: Man kann viel mehr kotzen, als man zu essen vermag. Die leer geräumten Keller und Dachböden waren nämlich nur gedacht entleert. Denn wie sonst kann die Stadt erneut von so vielen Matratzen, Stühlen, Gestellen, Beuteln, Klamotten, Plastikspielzeugen, Spiegeln, Plüschtieren, Tischen, Computerteilen, Koffern etc., etc. umspült werden? Die Codezahl 29. Juli förderte den ganzen Ramsch zutage. Und dem nicht genug, gleicht der Mensch am Tag vor der Abholung einer lauernden, stöbernden, gierigen Ratte. Er schwärmt aus. Wahlweise ausstaffiert mit füllbaren, grossen Taschen, transportfähigen Kinderwagen oder Autos, deren Kofferraum genügend Platz bietet, um das, was andere entsorgen, als Beute zu sich nach Hause zu karren. Eine Art Recycling, die eines erahnen lässt: dass sich am 18. November das ganze Spektakel müllträchtig wiederholt. Und spätestens dann wird zu lesen sein: «Gratis-Sperrgutabfuhr – ohne uns! Ihre Stadtreinigung.» Weil das Wort «gratis» eine derartige Eigendynamik mit sich bringt, an der jegliches «was» und «was nicht» emotions- und rücksichtslos ausgeblendet bleibt.

## Dr. Hansen

Was macht Herr Dr. Hansen,
wenn er vor dem Abgrund steht?
Dr. Hansen? Der macht gar nichts,
denn er hat seine Diät.
Er nimmts zurückgelehnt, gelassen,
und er lächelt vor sich hin.

Ach, zu dumm, dass ich nicht Dr. Hansen bin.

Er hat gebuckelt für die Firma,
hat sich politisch engagiert,
gestern hat man ihn
mit einem kurzen Schreiben abserviert.
Doch Dr. Hansen kratzt das wenig,
er hat einiges im Spind.

Ach so schade, dass wir nicht wie Dr. Hansen sind.

Er, das Profiteungeheuer,
zahlte nur die halbe Steuer,
nahm, was er so konnte kriegen,
zur grössten Not auch mit Intrigen.

Er scherte sich den Teufel um den Rest der Welt
und wurde daraufhin sofort zum Chef gewählt.

Was macht Herr Dr. Hansen,
wenn er sich auf dem Sessel dreht?
Er hält die Nase in den Wind
und dreht nach da, woher der weht.
Er delegiert und fühlt sich gut
und pflegt das Firmenschild aus Zinn.

Ach, zu dumm, dass ich nicht Dr. Hansen bin.

Dass man ihn jetzt hat entlassen,
konnten alle gar nicht fassen,
er habe doch gelächelt immer,
und sein viel zu grosses Zimmer
hielt geöffnet stets die Tür,
er könne wirklich nichts dafür.

Lächelnd zeigt er jetzt die Zähne
gegen diesen Rest der Welt,
schliesslich hat man ihn ja dereinst
auch zum Chef gewählt.

Dr. Hansen, Dr. Hansen, Dr. Hansen.
Dass es ihm gut geht,
sieht man leicht an seinem Ranzen
Doch ist ihm irgendwie entgangen,

dass er an Macht doch sehr gehangen
und diese Macht, die nicht mehr ist,
die macht ihn fertig, und sie frisst
sich in Kopf und Seele und in die Gedärme,
nur sie gab ihm stets Mut und Kraft
und etwas Wärme.

Und wie er jetzt am Abgrund steht,
so seelenlos mit der Diät,
denkt er: «Ja, ohne Reingewinn
hat doch mein Leben keinen Sinn.
Hab doch nicht all die Zeit verpachtet
und werde jetzt ganz schlicht entmachtet
Bin schliesslich Hansen mit nem Doktor vornedran
und zeig der Welt jetzt mal,
wie weit man gehen kann.»

Er hebt das Bein,
fühlt sich zum letzten Mal gewichtig,
auf seinem Grabstein steht:
«Wir danken Dir – aufrichtig!»

## Der Hinterhof lebt –
## Es lebe der Hinterhof

Es ist wahr.
Die meiste Zeit verbringe ich auf meinem Balkon. Man könnte sagen: Ich bewohne ihn. Ich esse und arbeite auf diesem Balkon, träume auf ihm und richte mir dort von Zeit zu Zeit sogar mein Nachtlager ein. Mein Balkon ist mein Fenster zur Welt. Und es ist nicht irgendein Balkon. Es ist der Balkon zum Hinterhof. Und dieser Hinterhof ist voll unsichtbaren Lebens. Das macht ihn so geheimnisvoll und geschichtenreich. Und dieses Leben richtet sich ganz organisch nach den Jahreszeiten. Im Herbst und Winter geben Bäume und Sträucher in ihrer Kahlheit zwar den Blick auf die Nachbarschaft frei, aber diese hüllt sich in dieser Zeit in Schweigen ganz wie Frost und Schnee. Mit dem Erwachen des Frühlings jedoch entstehen Geschichten, die, wenn auch nur akustisch, der Anonymität verschiedene Gesichter geben. Noch vor dem Sommer herrscht Dickicht im Hinterhof, und das satte Grün verhüllt den Blick auf Nebenan und Gegenüber wie ein natürlicher Vorhang. Die tragende Resonanz freilich bleibt erhalten.

Da ist zum Beispiel der Rülpser. Der, wie ferngesteuert, pünktlich zur wärmeren Zeit seinen Mehrfachrülpser schallend in den Hinterhof entlässt, als blase er zum Kampf. Ich hab ihn nie gesehen. Hab mir sein Äusseres und sein Leben lediglich aufgrund seiner Körpersignale zusammengebastelt. Kahlköpfig erscheint er mir. Und ich wähne ihn als Single – sozusagen als Ein-Mann-Rülpser. Da ist Frau Schrill, die mit ihrer Alarmstimme leidenschaftliche Monologe für ihren Mann hält oder wahlweise ihr Töchterchen Catarin (mit Betonung auf der Endsilbe) zur Ordnung ruft. Da gibt es das Pärchen, welches sich zu ganz unterschiedlichen Tageszeiten dem Liebesspiel hingibt. Immer im gleichen Rhythmus und in gleicher Melodie. Aber das bemerkenswerterweise schon seit Jahren. Es scheint sie noch zu geben, die ewige Liebe. Da gibt es den Teppichklopfer und den Müllsackkleber, den Herrscher über Kind und Frau, den verträumten Blumengiesser und den Zigarettenschnipper. Es gibt den Handykoch, den Livegitarristen und die Wasserreinigerin.
Sie alle sind nie sichtbar, aber immer präsent. Sie treten hörbar in Erscheinung: solistisch, synkopenhaft, kanonisch oder orchestral. Mein Hinterhof ist ein Orchestergraben, in dem jeder sein persönliches Instrument zu spielen beginnt, ohne es vorher gestimmt zu haben. Eine natürliche Dissonanz all'improviso. Im steten Wechsel. Und immer mit

der Vorgruppe «Gli uccellini», die sich singend, zwitschernd und trillernd im grünen Dickicht ab Sonnenaufgang formiert.

Es ist mein persönliches Open-Air-Festival, das so lange andauert, bis Väterchen Frost die Akteure in ihre Anonymität zurückpfeift.

## Gar nix los

«Was möchtest du mal werden?» ist eine Frage, die ein jedes Ohr schon einmal vernommen hat. Es ist die Frage, womit man vorhabe sein Leben zu unterhalten, und gleichzeitig die Frage, womit man die überwiegende Zeit seines Lebens zubringen möchte. Und es ist sinnvoll, gut darüber nachzudenken, bereits Gefasstes immer mal wieder zu überprüfen, gegebenenfalls neu zu entscheiden. Es ist nämlich auch die Frage nach Begabung, Neigung – womöglich sogar die Frage nach des Lebens persönlicher Freude. Was macht mich glücklich? Was soll Inhalt meines Lebens werden? Die Frage nach dem, wer oder was man werden möchte, geht jedoch noch weiter. Sie umfasst politische Ansichten, gesellschaftliche Draufsichten und all die Seinsmerkmale, auf die wir scheinbar keinen direkten Einfluss haben. Mentalität. Herkunft. Erziehung. Bildung. Merkmale, die uns eine jeweilige Kultur und Zivilisation automatisch an die Lebensweste heften. Wer ich bin, ist somit beinahe relativ. Wer ich sein möchte, fast schon philosophische Nachdenkerei. Psychologen messen dem Lebensinhalt einen grossen Stellenwert bei.

Inhalt bedeutet «erfüllt sein von». Und eine Erfülltheit ist nah am Glücklichsein. Und ist uns das Leben nicht genau dafür geschenkt?

Wer schon ein paar Jahre auf diesem Erdenball verbracht hat und weiter entfernt ist von der Ausgangsfrage «Was möchtest du mal werden?», weiss, dass auch Glück sehr relativ sein kann und sich mehr als eine Frage der Perspektive entpuppt. Es ist die altbekannte Formel «Halb leer oder halb voll». Glück geht also einher mit Zufriedenheit. Zufrieden- und damit regelrecht Befriedigtsein kann allerdings auch ein Tyrann, der Frau und Kinder gebeutelt vor sich sieht, nachdem er sie – gemäss seinem Inhaltsplan – gehörig zusammengeschrien und verprügelt hat. Erfüllend kann für einen sein, es zum x-ten Mal geschafft zu haben, seinen Kehricht heimlich und damit illegal zu entsorgen, Gesetze zu übertreten, ein Leben in gefühlter Eigenregie zu führen.

Warum also überhaupt darüber philosophieren? Warum überhaupt sich um Inhalte und darum kümmern, was der Nachbar tut? Warum auch sollte sich ein Nachdenken lohnen, wenn nach wie vor ein «Geht mich nix an» über allem schwebt? Ob unmittelbar oder weiter weg. Seien wir froh, dass keiner richtig hinguckt, und wenn er was sieht, vielsagend schweigt. So gesehen, ist nämlich gar nix los. Nur das Glas ist natürlich mal wieder halb leer.

## Novemberahnung – Ein Herbstlied

Bin aus Phrasen ein Gebilde
der Kopf zum Trotz erschreckend leer
führ schon längst nichts mehr im Schilde
jedwede Richtung scheint so schwer

Indes der Herbst hier Blatt für Blatt
durchaus noch eine Meinung hat
Er trägt sie bunt durch alle Wälder
er kerbt sie morsch in jeden Ast

Ich schleich derweil scheu über Felder
die Fahne unsichtbar und weiss an meinem Mast.

Warum mein Herz denn nur so eilig
was treibt so unruhig dich dahin?
Was ist dir plötzlich so abscheulich?
Was raubt auf einmal dir den Sinn?

Ist's einfach ebendiese Zeit?
Macht dichterschwer sich etwas breit?
Lässt zwingen du dich in die Knie?
Du, die du sonst stets Trümpfe ziehst?

Schiebst du der Herbstmelancholie
in beide Schuhe, dass du selber vor dir fliehst?

Auch das nur Phrasen, leere Fragen
und keine Antwort je darauf
Dass alles kahl wird, hilft beim Klagen
Ich stecke fest in meinem eignen Lebenslauf

Doch werd ich ganz gewiss schon morgen
irgendwo neuen Mut mir borgen
und einmal mehr die alte Fahne
auf beiden Seiten bunt besprüh'n

Wenngleich ich auch den Winter ahne
ist's heut nicht Zeit, so einfach zu verglüh'n

Bin ein Optimist im Grunde
bis alles endgültig gefriert
möcht ich, und sei's für eine Stunde
dass mich das Leben satt und prall noch mal berührt

## Kurzer Prozess

Erst schlafend gehen
Dann schlafen gehen
Dann Schafe sehen
und schnarch

## Lass wiegen dich

Lass wiegen dich auf weichen Wogen
und träum, mein Kind,
träum, was du kannst.
Noch hat die Welt dich nicht betrogen,
noch macht das Leben dir nicht Angst.

Flieg weiter auf dem Wolkenschaf
durch deines Traumes Heiterkeit
und schlaf, mein Kindchen,
schlaf, denn Schlaf
ist doch des Lebens schönste Zeit.

# Inhalt

| | |
|---|---:|
| Fränkische Liebe – Ein Vorwort | 6 |
| Zuversicht | 8 |
| Sänks for träwelling | 9 |
| Abzählreim | 14 |
| Es war einmal | 16 |
| Das kleine Hallo | 20 |
| Entschlossenheit | 22 |
| Saurer Lenz | 23 |
| Alles Gute | 25 |
| I schänke dr mis | 28 |
| Weinrebendank | 30 |
| Verstockte Inspiration | 32 |
| Spielcasino – Ein Selbstversuch | 34 |
| Sonett | 48 |
| Unter bunten Dächern | 49 |
| Vogel ohne Flügel | 52 |
| Würzburg – Meine Stadt | 55 |
| Herbst in Basel | 56 |
| Ferienträume | 62 |
| Anti-Aging | 64 |
| Wohin ist sie entschwunden? | 67 |
| Dreifaltigkeit | 69 |

| | |
|---|---|
| Scheiss Höflichkeit | 70 |
| Schraube locker | 72 |
| Weihnachten | 78 |
| Vernunft, na und?! | 79 |
| ZH – BS einfach | 81 |
| Zufällige Geschichten | 84 |
| Zwei gegensätzlich geladene Pole | 86 |
| Bedienung bitte! | 88 |
| Wann? | 97 |
| Herbststurm | 98 |
| Der Bildungsrucksack | 100 |
| Ich rege mich auf! | 102 |
| Von Sonnen, die gern untergehen | 106 |
| An Ringelnatz | 108 |
| Melancholisches Zwischenspiel | 110 |
| Besuch der fünf | 111 |
| Kugelrunde Philosophen | 114 |
| Eisblumen am Fenster | 116 |
| Warten | 118 |
| Frösche an der Wand | 119 |
| Ich habe – also schmeiss ich | 125 |
| Dr. Hansen | 128 |
| Der Hinterhof lebt – Es lebe der Hinterhof | 131 |
| Gar nix los | 134 |
| Novemberahnung – Ein Herbstlied | 136 |
| Kurzer Prozess | 138 |
| Lass wiegen dich | 139 |
| Die Autorin | 143 |

Anette Herbst, 1966 im Zeichen des Löwen geboren, aufgewachsen in Würzburg, ausgebildete Schauspielerin, bis 2007 Moderatorin bei Schweizer Radio DRS 2, seit 2008 als Kabarettistin unterwegs in Deutschland, Österreich und der Schweiz.

**Umschlag, Layout** Bruno Castellani, Starrkirch-Wil
**Satz** chilimedia GmbH, Olten
**Korrektorat** Sam Bieri, Luzern
**Illustration** Jörg Binz, Olten
**Druck und Einband** Druckerei Ebikon AG

1. Auflage, September 2010

ISBN 978-3-905848-37-3

Alle Rechte liegen bei der Autorin und beim Verlag. Kein Teil des Werkes darf in irgendeiner Form ohne Genehmigung der Herausgeber verwendet werden.

Dieses Buch wurde in der Schweiz hergestellt.

www.knapp-verlag.ch

MIX
Papier aus verantwortungsvollen Quellen
FSC® C041277